검은 바다

겸은 바다

초판 1쇄 발행 2024. 10. 23.

지은이 고동현
펴낸이 김병호
펴낸곳 주식회사 바른북스

편집진행 김재영
디자인 김민지

등록 2019년 4월 3일 제2019-000040호
주소 서울시 성동구 연무장5길 9-16, 301호 (성수동2가, 블루스톤타워)
대표전화 070-7857-9719 | **경영지원** 02-3409-9719 | **팩스** 070-7610-9820

•바른북스는 여러분의 다양한 아이디어와 원고 투고를 설레는 마음으로 기다리고 있습니다.

이메일 barunbooks21@naver.com | **원고투고** barunbooks21@naver.com
홈페이지 www.barunbooks.com | **공식 블로그** blog.naver.com/barunbooks7
공식 포스트 post.naver.com/barunbooks7 | **페이스북** facebook.com/barunbooks7

ⓒ 고동현, 2024
ISBN 979-11-7263-177-2 03810

알겠나?
지구 그 자체가
무시무시한 공간이란 말일세.

고동현 장편소설

검은 바다

바른북스

프롤로그

입도 항문도 없다. 아무것도 먹지 않고 배설하지도 않는다. 그런데도 이것은 하루에 2밀리미터씩 자란다. 다 자란 것은 3미터가 넘기도 한다.

이것을 만나려면 한없이 깊은 바닷속으로 내려가야 한다. 천천히 심해를 향해, 온몸으로 심연을 맞아들여야 한다. 어둠을 두려워해서는 이것을 볼 수가 없다. 바다의 수면에서 20미터만 아래로 가면 어둠이 밀려오기 시작한다. 100미터까지 내려가면 아예 빛은 사라지고 만다. 태양 빛을 중심으로 활동하는 생명체의 활발함은 더 이상 보이지 않는다. 이제부터는 태양이 지배하는 영역이 아니다. 육지에서 감각되는 빛깔들은 무의미해진다. 만일 날카로운 것에 팔을 벤다면 그것에서 흘러나오는 잿빛 피를 보아야 한다. 절대 암흑이 지배하는 곳. 유일한 빛은 일부 생물의 순간적인 자체 발광뿐이다.

수온은 급격히 떨어지고 수압이 오른다. 이제 인간의 몸으로는 버티지 못한다. 조금이라도 더 내려가면 체온이 순식간에 떨어지고 산소통의 공기를 호흡하기도 어렵다. 이제 문명의 힘을 빌려야 한다. 잠수정이 개발되기까지는 미지의 영역이었던 곳이다. 빛 한 줌 없는 그곳에 생명체가 있으리라고는, 그것도 다양한 생명체가 견고한 생태계를 유지하리라고는 아무도 생각하지 못했다.

무의식 세계를 탐험하는 기분이 들기 시작한다. 신비롭고 원시적이며 깊이를 알 수 없는 심해. 그것은 지구라는 거대한 생명체의 무의식을 상징한다. 그곳에서는 기괴한 생명체를 만날 수 있다. 몸의 세 배가 넘는 긴 지느러미를 뻗어 다리 삼아 걸어 다니는 물고기, 우산 같은 촉수를 거느린 연체동물, 살이 투명해 내장과 뼈가 비치는 녀석들은 사체인지 생물인지 아니면 유령인지 구분하기 어렵다. 더 진화하거나 퇴화한 기관을 가진 생물이 가득한 곳이다. 그들에겐 표층의 생물과 달리 치열한 경쟁이 없다. 에너지를 취하기 어려우므로 아주 느리게 움직이며 신체의 물질대사도 최소한으로 한다.

심해는 또 하나의 독립된 우주다.

멀리 바닥이 보이기 시작한다. 크고 작은 분화구가 깔려 있다. 그곳에선 검은 연기처럼 물이 뿜어져 나온다. 섭씨 300도가 넘는 뜨거운 물이다. 웬만한 생물이라면 단번에 익어버릴 고온의 물이다. 그렇게 뜨거운 물이 어째서 끓지 않는가. 그것은 높은 압력 때문이다.

분화구 사이에 촘촘히 박혀 있는 생물이 보인다. 말아놓은 양피지처럼 긴 관(管) 속에 살기에 관벌레라고 부른다. 단세포 생물을 떠올린다면 오산이다. 관벌레는 분명히 입과 항문을 가지고 태어난다. 그러다가 어느 순간부터 스스로 입과 항문을 닫아버린다. 닫힌 그것은 차츰 흔적도 남기지 않고 사라진다. 그러면 도대체 무슨 수로 생명을 유지하는 것일까.

그들이 입을 가졌을 때 섭취했던 박테리아에 그 비밀이 있다. 황화수소. 타 생명체에게는 치명적인 유독가스다. 그런 가스를 즐겨 먹는 박테리아가 관벌레 속에 살고 있다. 박테리아가 황화수소를 분해할 때 나오는 탄수화물이 관벌레를 생명체로 유지하게 한다.

어둠 속에서 생명이 탄생했다. 인간이, 그리고 생명체 대부분이 끔찍하게 여기는 유해 환경 속에서도 생명은 모여들고 삶을 욕망한다.

I.

고립

───── 태초에 태어난 생명을 생각해 보자. 당시 지구는 불안
정한 대기에 싸여 있었고 화산과 지진이 서로 경쟁하듯 발발했다.
바다는 시커먼 입을 벌리며 보이는 것은 무엇이든 삼킬 기세였다.
그곳에서 생명이 탄생했다. 그리고 최악의 환경을 이겨내 왔다. 최
초의 생명은 고립 그 자체였다. 어디로든 움직이려면 죽음의 도박
을 받아들여야 했다.

- 김 대위의 노트 '검은 바다' 中

1

헬기가 꼬리를 틀며 수평선을 향해 날아갔다. 절벽 위에 내린 강민 중위는 먹구름 속으로 사라져 가는 헬기를 바라보았다. 검은 구름장 아래로 시커먼 바다가 죽은 듯이 잔잔했다. 추적거리는 비가 숨죽인 바다에 쉼 없이 내리고 있었다. 먹물처럼 번진 하늘과 바다는 수평선을 감추었다. 그는 헬기에서 받은 작전 명령서를 배낭에 넣었다. 얼굴에서 흘러내리는 빗물이 배낭 위로 툭툭 떨어졌다. 손목시계는 오후 다섯 시를 가리키고 있었다. 아직 해가 질 시간은 아니었지만, 낮인지 밤인지 분간하기 힘든 날씨였다.

민간인이 있다는 북쪽을 둘러보았다. 구불구불 이어진 암석이 산을 덮고 있었다. 무인도치고는 큰 섬이었다. 날카로운 절벽이 사방으로 솟아 있었고 관목 따위는 눈에 띄지 않았다.

절벽은 해변에서 20여 미터쯤 되는 높이였다. 해변에는 자갈이 깔려 있었다. 그는 로프를 아래로 던졌다. 로프가 자갈밭에 닿자, 허리에 로프를 묶고 절벽을 탔다.

자갈밭에 발을 디뎠다. 발을 옮길 때마다 자갈에 엉겨붙은 기름에 군화가 질척거렸다. 휘발성분이 증발하고 응고한 기름 찌꺼기는 미끄러웠다. 조심하며 걸어야 했다. 그는 바다를 향해 다가가 바닷물에 군화를 담갔다. 간조에 가까운 시간이었다. 뒤로 물러나 한껏 움츠린 바다는 움직임이 거의 없었다. 바다 위에는 거대한 기름띠가 초승달 형태로 펼쳐져 있었다. 그것에서 떨어져 나와 군데군데 떠다니는 기름 타르가 해파리 떼를 연상시켰다. 물론 검은 해파리는 본 적 없었다. 담배에 불을 붙였다. 회색 연기가 눈앞을 반으로 가르며 피어올랐다.

바다는 결코 너를 배신하지 않는단다.

어렸을 적, 폐렴에 걸려 투병하던 그에게 할아버지가 했던 말이다. 그때 그는 인적이 없는 갯바위에 앉아 밀려드는 파도만 종일 바라보았다. 그러면서 기적처럼 폐렴을 이겨냈다. 할아버지의 말이 옳다고 생각했다. 하지만 그것은 그 시절 흔히 들었던 동화처럼 어린 시절에만 해당하는 이야기였다.

그는 반쯤 타들어 간 담배를 튕겨버렸다. 지금과 같은 상황이라면 바다의 본성은 흉포한 모습에 가까웠다. 그는 할 수만 있다면 저 검은 기름에 불을 붙여 바다를 모조리 태워버리고 싶었다. 바다는 언제 그랬냐는 듯 태연했고 그는 그것에 화가 났다.

올해 오월은 유난히 더웠다. 때 이른 더위가 찾아와도 오월에는 습하지 않는 법인데, 올해는 한여름처럼 후덥지근했다. 수온이 급격히 오른 연해는 적조로 뒤덮였다. 성급한 사람들은 해수욕장을 찾았지만, 바다에 들어갈 마음은 생기지 않았다. 죽은 물고기가 수없이 떠오르더니 해안으로 밀려와 썩어갔다. 더위는 더 맹렬해졌다. 그러자 이번에는 해파리 떼가 몰려와 바다를 차지했다.

오월에 태풍을 맞은 건 이십 세기 이후 두 번째 기록이었다. 다행히 강수량이 적었기에 큰 피해를 주지 않았다. 사람들은 그저 별일이 다 있다고 생각할 뿐이었다. 하지만 몇몇 과학자들의 눈빛은 심상치 않았다고 한다. 제주도 북서 해상(海床)에서 강진이 발생하고 남해 일부가 지진의 여파로 쓰나미에 휩쓸리자, 사람들은 동요하기 시작했다. 아니나 다를까 여름 내내 태풍이 이어졌고 전 국토가 홍수로 몸살을 앓아야 했다. 여름이 지나갈 무렵에야 다시 일어서리라는 희망을 품을 수 있었다. 하지만 그런 희망은 얼마 지나지 않아 무너졌다. 유례없는 초대형 태풍이 한반도에 휘몰아쳤고, 사람들은 얼이 빠져 의욕을 잃었다. 일 최대 강수량이 천 밀리미터를 넘었다. 한반도를 초토화할 위력이었다.

강 중위는 눈을 꾹 감고 고개를 흔들었다. 악몽 같은 재해의 기억을 떨쳐버리고 싶었다. 순간, 그는 가슴이 묵직해졌다. 도무지 떠올릴 수 없는 기억이 검은 벽처럼 버티고 있었다. 이런 곳에 투입된 이유가 그것과 어떤 관계가 있을까. 박 대령은 여러 차례 그날 벌어진 사건을 보고하라며 윽박질렀다. 강 중위는 아무 대답도 하지 못했다. 독한 술에 취해 기억이 불살라진 뒤 텅 빈 머리를 가지고 깨어난 것 같았다. 기억은 저 바다 같은 검은 장막 뒤로 숨어버렸다.

그는 뒤돌아 해변을 따라 걸었다. 암석뿐인 무인도에 민간인이 무슨 이유로 거주하고 있는지 의문이었다. 예년 같왔으면 모험심 넘치는 낚시꾼들이나 찾을 법한 곳이었다. 그는 멈춰 서서 허리에 찬 권총에 손을 얹었다. 이런 곳에서 버티고 있는 사람들이라면 단순한 민간인이 아닐 수도 있었다.

설마.

그는 고개를 저으며 다시 걸었다. 사방으로 빠르게 어둠이 차오르고 있었다. 어느새 밀물 시간이 되었는지 해변으로 물결이 밀려오기 시작했다. 먹빛으로 짙어진 바닷물이 그의 군화를 휘감았다가 물러나기를 반복했다.

깎아 세운 듯 높이 솟은 절벽이 보였다. 해변으로 툭 튀어나와 바다에 맞닿아 있는 절벽이었다. 걷는 속도를 높여 그곳으로 향했다. 가까이 다가가다가 기이한 소리를 들으며 멈췄다. 숫양의 울음 같기도 했고 먼 곳에서 울려오는 뱃고동 소리 같기도 했다. 그는 좌우로 고개를 젖혀 우두둑 소리를 내고는 절벽을 빙 둘러 걸었다. 물이 허리까지 닿는 곳을 지나 절벽에서 벗어나자, 그가 들었던 소리가 선명하게 다가왔다. 소리가 나는 방향을 향해 바라보던 그는 아, 하고 낮게 내뱉었다. 절벽 뒤에 펼쳐진 장면은 놀라웠다. 맞은편에는 커다란 바위가 섬처럼 바닷물 위로 솟아있었다. 그것에 기댄 거대한 것이 무엇인지 눈을 의심해야 했다. 범선이었다. 돛을 모두 접은 유령선처럼 기괴한 모습이었다. 뱃머리에서 중간까지는 몸체 아랫부분이 얕은 물에 잠겨 있었고 나머지는 해변 위에 드러나 있었다. 범선은 난파한 게 분명했다.

그는 무엇보다도 위압적인 크기에 놀랐다. 어림잡아 선체 길이가 6, 70미터는 넘어 보였다. 세 개의 돛대에 달린 활대들은 이리저리 뒤틀려 형편없는 꼴로 엉켜 있었다. 접히지 않은 돛은 뱃머리에 달린 세로돛뿐이었다. 그것은 절벽 사이로 부는 바람을 맞아 떨고 있었다. 기이한 소리의 정체는 그것이었다.

그는 침을 삼켰다. 그가 알고 있는 한, 국내에 그런 범선은 없었다. 한 발 한 발 물살을 가르며 범선을 향해 발을 내디뎠다. 가슴이 뛰었다. 시야가 좁아지고 주위의 소리마저 희미해졌다. 정신이 멍멍했다. 미지의 세계에 내던져진 것 같아 부르르 몸을 떨었다.

정신을 차렸을 때는 범선에서 불과 몇 미터 떨어지지 않은 거리였다. 그는 갑판 위에 서 있는 누군가를 보았다. 여자였다. 강 중위와 눈이 마주친 그녀는 검은 원피스를 하늘거리며 배의 중앙으로 향했다. 사다리 앞에서 그녀는 강 중위를 내려다보았다. 서른 중반은 훌쩍 넘어 보이지만 잔

주름을 찾아보기 힘들 만큼 피부가 매끈했다.

"저는 긴급구조특기대 소속 강민 중위입니다."

강 중위는 다가가 재킷 주머니에서 신분증을 꺼내 그녀를 향해 내밀었다.

"우리는 구조를 요청한 적이 없는데요?"

그녀는 의아하다는 투로 말했다.

"이곳의 실태를 조사하라는 지시를 받았습니다."

강 중위는 둘러댔다. 그녀는 그의 위아래를 훑어보며 고개를 끄덕이다가 눈빛을 반짝였다. 윤이 나는 검은 눈은 촉촉했고 눈썹은 선명했다. 머리카락은 눈동자보다 검었고 곱실곱실했다. 작은 얼굴은 약간 창백해 보였는데, 백인과 구분하기 어려울 만큼 하얬다. 말라 보이면서도 굴곡이 살아 있는 몸매를 가졌다.

"적어도 오늘 돌아가는 건 아니겠군요."

그녀는 갑판을 향해 고갯짓하고는 뒤돌아섰다. 그녀를 따라 갑판에 오른 강 중위는 비릿하고 고약한 냄새를 맡았다. 여기저기 널린 생선이 볕을 쬐지 못해 썩어가고 있었다. 그는 찡그리며 범선을 둘러보았다. 가라앉았던 흥분이 또다시 밀려왔다. 세 개의 돛대에 각각 여섯 개씩 활대가 달려 있었고, 활대마다 매달려 있는 밧줄이 갑판 위로 여기저기 흩어져 있었다. 압도적인 높이를 가진 주 돛대는 뼈대만 남은 미루나무를 연상시켰다. 세로돛을 달기 위한 네 번째 마스트는 부러져 반만 남아 있었다. 앞돛대를 향해 걸어가던 그는 원통형으로 생긴 육중한 캡스턴을 보았다. 무거운 짐이나 닻을 끌어 올리기 위한 장치였다.

"중위님은 3호실을 쓰도록 하세요."

그녀는 선수루(船首樓) 갑판 벽에 있는 문을 향했다. 전형적 범선답게 이물 쪽 갑판이 중앙 갑판보다 위로 튀어나와 선수루 갑판을 이룬 배였다. 고물 쪽도 마찬가지였다. 선수루 갑판 벽에 붙어 있는 문은 지하 선실로 향하는 문이었다. 그는 그녀를 따라 지하 하(下)갑판으로 내려갔다. 복도는 앞을 가늠하기 힘들 정도로 어두웠다. 어지러웠다. 그는 그녀의 발소리를 따라 걸었다. 그녀는 한 선실 앞에 멈춰 문을 손등으로 두드렸다. 강 중위는 라이터를 켜 선실의 번호를 확인했다. 방으로 들어가려다 멈춰 뒤돌아 물었다.

"그런데, 성함을 물어도 되겠습니까?"

"마리."

그녀의 말에 강 중위는 고개를 갸웃해 보였다.

"이곳 사람들은 저를 그렇게 불러요."

그녀는 미소 지으며 방문을 닫았다. 그러자 방 안은 완전한 어둠에 잠겼다. 강 중위는 라이터로 불을 밝혀 방을 둘러보았다. 생각했던 것과 전혀 다른 모습이었다. 침대며 옷걸이며 의자까지 모두 끝이 말려 올라간 철제 장식으로 마감되어 있었다. 한눈에 고급 가구라는 걸 알 수 있었다. 희끄무레한 물체가 그의 시선을 스쳤다. 통나무 탁자 위였다. 그는 라이터 불을 가져가 무엇인지 확인했다. 사용한 흔적이 남아 있는 초였다. 불을 초에 옮겼다. 배낭을 풀어 침대 위에 놓고 헬기에서 받은 서류 봉투를 꺼냈다.

작전 지역 SN16-24. 유조선 자이언트호(號)가 침몰한 제주도 서북부로부터 12킬로미터 지점의 군도(群島). 군도의 모든 거주자는 섬을 떠난 상황. 동북쪽 암석 무인도에 배수량 4,000톤급 범선 발견. 한 명의 여자를 포함한 민간인 4~5명이 거주하는 것으로 파악됨. 무장하고 있을 가능성이 있음. 통신망 사용 불가 지역. 김진혁 대위의 송수신기에 무전이 잡힌 곳. 김 대위의 실종 경위를 조사하고 민간인을 설득해 임시 보호소로 인도할 것. 나흘 후 수송용 헬기 도착 예정.

강 중위는 서류를 봉투에 집어넣고 집게손가락으로 촛

불을 껐다. 침대 위에 누워 눈을 껌뻑이며 문서의 내용을 정리해 보았다. 특별한 내용이라고 할 건 없었다. 하지만 마지막에 붉은 글씨로 적혀 있는 중요사항은 의문이었다. 헬기가 온다는 사실을 감출 것과 여의찮을 시 여자만이라도 강제 구인할 것을 명한 것이다.

그뿐만이 아니었다. 김 대위의 탈영 사건 수사는 헌병대가 맡을 일이었다. 범선 조사 업무도 군이 나설 일은 아니었다. 강 중위가 이곳에서 무언가를 수사하는 건 이치에 맞지 않았다.

그는 당혹스러웠다. 알 수 없지만 무언가로부터 고립되었다는 생각을 지우기 힘들었다. 일순간 피로가 몰려왔다. 아내를 찾기 위해 긴급구조특기대에 자원했던 그에게 이번 임무는 의문투성이였다. 그는 두 손으로 얼굴을 덮었다. 아내의 얼굴을 떠올리려 노력했다. 미래를 예견한 듯 쓸쓸한 표정으로 자신을 바라보던 아내. 그것이 그가 본 아내의 마지막 모습이었다.

십일 년간의 군 생활을 접은 강 중위는 아내의 간청을 받아들여 남해안 고향 마을로 돌아왔다. 결혼한 지 일 년이 채 되지 않은 때였다. 사실 그는 바다와 멀리 떨어진 곳에서 새로운 삶을 시작하고 싶었다. 하지만 그가 배운 거

라고는 어렸을 적부터 몸으로 익힌 고기잡이와 해군으로
복무하면서 배운 항해 기술뿐이었다.

　고향 마을은 그다지 변한 게 없었다. 어린 시절에 보았
던 모습과 다른 점이 있다면 더 많은 자동차와 낚시꾼이
방파제에 몰려 있는 것이었다. 펜션이 몇 군데 들어섰고
그 앞으로 시멘트 바닥이 깔렸다. 가까운 읍내에서 열렸던
오일장은 없어지고 현대식 마트가 들어섰다.

　아내는 어촌에 살면서부터 얼굴에 웃음이 끊이지 않았
다. 그녀가 태어난 동남아시아 섬나라로 되돌아온 양 야무
지게 일하면서도 지친 기색이라곤 없었다. 생선의 배를 쉼
없이 따고 말렸다. 양식장에서도 품팔이하며 삯을 챙겼다.
조개를 캐고 굴을 땄고, 주말이면 해녀가 되어 해삼이나
전복을 건져 올렸다. 마을을 찾아오는 도시 사람은 그 해
산물을 남김없이 샀다. 바다와 한 몸이 되어 지내는 그녀
는 한국에서 받아왔던 낯선 시선을 더는 의식하지 않아도
되었다.

　봄인데도 꽤 후덥지근한 어느 일요일 아침이었다. 강 중
위가 일어났을 때 아내가 보이지 않았다. 지난밤, 아내가
쓸쓸한 표정으로 바라보던 모습이 마음에 걸렸다. 해상에
서 일어난 지진으로 마을이 흔들리자, 아내는 처음엔 두려

움에 떨었다. 그러다 초조해했고 알 수 없는 말을 중얼거리기도 했다. 마침내 그녀는 모든 걸 체념한 듯 힘없이 누웠다.

해변을 돌아다니며 아내를 찾아봤지만 헛수고였다. 강중위는 포기하고 읍내를 향해 트럭을 몰았다. 뭔가 찜찜했고 왠지 모를 불안이 차올랐기에 그는 갑자기 차를 세웠다. 서둘러 집을 향해 차를 돌렸다. 때때로 말썽을 일으키던 트럭이 그날따라 말을 듣지 않았다. 펑크 난 타이어를 갈고 보닛을 손봐야 했다. 언덕을 넘어가려고 할 때였다. 수많은 증기기관차가 동시에 증기를 내뿜는 것 같은 소리가 울렸다. 천둥소리는 아니었다. 구름 한 점 없는 날씨였고 하늘에 번쩍임은 없었다. 이어 거센 파도 소리가 밀려왔다. 그 속에는 연달아 터뜨리는 비명이 섞여 있었다. 그는 클러치에 발을 올렸다. 변속기와 핸들을 잡은 두 손에 힘을 주었다. 호흡을 가다듬고 액셀러레이터를 힘껏 밟았다.

언덕을 넘어섰을 때 그는 넋 빠진 모습으로 마을을 둘러봐야 했다. 해안은 바다에 잠겼고 그 위로 뒤집힌 어선과 자동차, 기와지붕과 탁자, 냉장고 따위가 뒤섞여 떠다녔다. 물은 비교적 높은 지대인 소나무밭까지 밀려왔는지 여기저기 고여 있었다. 뭐든 붙잡고 떠다니는 사람은 움직임을 보이지 않았다. 강 중위는 자신이 들었던 소리가 무엇인지 깨달았다.

설마, 해일이…….

바닷물은 한참 동안 해변을 삼켰다가 서서히 빠져나갔다. 그는 트럭을 몰고 마을에 다다랐다. 차에서 내렸지만 무엇을 해야 할지 몰랐다. 그는 해안에 뒤집혀 있는 이 씨의 어선을 보았다. 이 씨는 어선 아래 깔린 채 신음을 흘리고 있었다. 그는 그곳으로 뛰어갔다. 있는 힘을 다해 이 씨를 잡아당겼다. 이 씨는 고통스럽게 소리 질렀다. 간신히 끌어낸 강 중위에게 그는 뚝뚝 끊어지는 말을 떨리는 음성으로 내뱉었다.

"파도가, 마을을, 쓸어, 갔어."

강 중위는 입술을 깨물었다. 그때였다. 누군가가 겁에 질린 목소리로 외쳤다.

"바다가, 바다가 사라졌다."

강 중위는 눈앞에 펼쳐진 놀라운 광경에 몸이 얼어붙었다. 해변까지 물러가는 듯 보였던 물결은 그대로 수평선을 향해 주욱 밀려갔다. 바닥을 드러낸 곳에서 물고기가 퍼덕거렸다. 물러간 물결은 멈추는가 싶더니 다시 굉음을 내며 솟구쳐 올랐다. 그는 뒤돌아 뛰었다. 해일은 한 번으로 끝나지 않을 수도 있다는 말이 떠올랐다. 점점 자라나는 거대한 파도는 태양을 지우며 커다란 그림자를 드리웠다. 그는 간신히 트럭에 올라탔다.

문을 닫자마자 거대한 물 덩어리가 트럭을 덮쳤다. 트럭은 공중곡예 하듯 물속에서 몇 차례 회전하며 어딘가에 부딪혔다. 그가 정신을 차렸을 때였다. 눈앞에 보이는 것은 전부 거꾸로 뒤집혀 있었다. 어느 쪽이 하늘이고 바다인지 혼란스러웠다. 파도는 서서히 물러가고 있었다. 그는 조수석에 떨어져 있는 아내의 사진을 보며 의식을 잃었다.

2

강 중위는 눈을 떴다. 몸이 땀에 젖어 있었다. 손으로 주위를 더듬어 보았다. 침대의 포근한 감촉이 와 닿았다. 후우, 하고 그는 길게 숨을 내뱉었다. 꿈속에서 그를 향해 밀려온 해일은 마을에서 보았던 것보다 무시무시했다. 검은빛으로 벼려진 껍데기가 그것을 감싸고 있었기에 괴물처럼 보였다. 한복판에 박힌 보랏빛 외눈이 그에게 사악한 명령을 내렸다. 그는 달아나지 못하고 괴물의 목구멍에 박

했다.

지난봄, 고향 마을을 덮친 쓰나미는 끔찍했다. 한국에서
도 쓰나미가 발생할 수 있다는 사실에 사람들은 경악했다.
거대한 물의 손아귀는 마을을 휩쓸었다. 소나무밭에 서 있
던 나무 수십 그루가 물길의 방향을 따라 땅을 깔고 누웠
다. 목조로 지은 펜션은 소나무밭까지 실려 잔해로 흩어졌
다. 쓰나미는 인간의 자존심을 짓밟고 저항할 틈도 주지
않은 채 밀려왔다가 물러났다. 물살이 빠져나가자, 해변은
바다가 남겨놓은 물고기로 뒤덮였다. 숨은 붙어 있었으나,
사람들이 말려놓았던 생선과 나란히 누워 아가미만 꿈틀
댔다. 그러고는 함께 썩어갔다. 모두 바다 앞에 무릎 꿇어
야 했다. 죽음의 울타리는 어디에든 널려 있었다. 살아 있
는 것은 오직 출렁이는 바다뿐일 것 같았다. 그 난리 속에
아내는 실종되고 말았다.

강 중위는 기억을 떨치고자 머리를 흔들었다. 담요에 이
마를 대어 땀을 닦은 뒤 선실에서 나왔다. 갑판으로 올라
가 둘러보았다. 마리는 보이지 않았다. 그는 계단을 타고
선수루 갑판에 올랐다.

난간 앞 뱃전에 커다란 기중기가 있었다. 그것이 감고
있는 쇠사슬은 난간을 넘어 바닷속으로 이어졌다. 쇠사슬

끝에 무엇이 달려 있는지는 생각할 필요도 없었다. 기중기는 닻의 고리나 닻장을 걸어 닻을 선수루 갑판으로 끌어 올리는 장치였다.

수평선 쪽에서 무언가가 작은 불빛을 깜빡거리며 다가오고 있었다. 그는 고개를 내밀어 자세히 보았다. 작은 보트였다. 그는 자기 눈을 의심했다. 비상사태가 선포된 뒤로 이곳 지역은 민간인 출항이 금지되었다. 그렇다고 군에서 배를 보냈을 리도 없었다. 서서히 다가온 보트는 해변에 멈추었다. 두 남자가 내렸다. 보트 위에 남아 있던 남자가 그물을 들어 올려 밖으로 던졌다. 보트에서 내린 두 남자가 그것에 다가갔다. 보트 위의 남자가 뛰어내려 앞장섰고 한명이 그물을 짊어 멨다. 그들은 범선을 향해 걸어왔다.

"남자들이 왔군요."

마리는 어느새 뱃전에 와 있었다. 남자들은 차례로 갑판에 올랐다. 뚱뚱하고 체격이 다부진 사내가 그물을 끌어 올렸다. 검은 뿔테 안경을 쓴 남자가 비틀거리며 강 중위에게 다가왔다. 입에서 술 냄새가 풍겼다. 그는 손에 쥔 술병을 한 모금 들이켜며 강 중위를 쳐다봤다. 그의 뒤에는 턱 전체에 수염이 덥수룩한 남자가 그물에서 물고기를 꺼내고 있었다. 꼬리를 펄떡거리는 큼직한 도미가 서너 마리

나왔다. 마리는 안경을 쓴 남자에게 강 중위를 소개했다. 동글동글한 얼굴을 가진 사람이었다. 배가 수북이 나왔고 머리는 거의 벗겨져 반들반들했다. 중년으로 보였으나 얼굴에 진 뚜렷한 주름은 없었다.

"윤동진이라고 합니다. 여기 사람들은 그냥 윤 박사라고 불러요. 별 의미는 없지만."

그는 떨고 있는 손을 내밀었다.

"저 뒤에 있는 뚱뚱한 녀석은 장이라고 하오. 그리고 그 옆에 있는 사람은……. 이봐, 턱수염. 큰 놈만 골라."

"어느 분이 선장님입니까?"

"선장님은……. 물론 선장실에 계시죠."

윤 박사는 랜턴으로 불을 밝히며 하갑판 출입구로 향했다. 장과 턱수염은 망태기에 물고기를 담아 그를 따라 내려갔고 마리가 강 중위에게 눈짓했다. 강 중위는 그녀와 함께 그들을 뒤따라 걸었다. 하갑판 중앙까지 걸어가 복도를 가로막고 있는 문을 열자 널찍한 홀이 나왔다. 커다란 원탁을 중심으로 남자들이 자리를 잡았다. 마리가 라이터에 불을 붙여 탁자 위에 놓인 초 세 개에 차례로 갖다 댔다.

불빛에 비친 홀은 작은 박물관을 연상시켰다. 격벽은 중세 전투선 문양과 항구 그림으로 채워졌고 밧줄과 닻쇠로 만든 독특한 장식품도 걸려 있었다. 탁자 끝부분과 마주하는 곳에는 커다란 그림이 걸려 있었다. 콧수염을 기른 인물의 초상화였다. 표독한 눈초리를 가진 그림 속 남자는 제복 위로 숄을 걸치고 있었다. 배경은 붉은색이었다. 그는 예전에 그 그림을 본 적이 있다고 생각했다. 같은 그림은 아니지만 같은 사람을 그렸다고 확신했다. 그럴 리가. 초상화 속 인물은 악명이 자자한 독재자 아닌가. 그 아래에 있는 장식장은 각종 트로피, 술병, 술잔들로 채워져 있었다. 장식장 위에 걸린 작은 만돌린 하나가 둥근 몸통을 반들거렸다.

마리는 맞은편 격벽에 있는 조리대 앞에서 도미를 손질했다. 마리 곁으로 다가간 윤 박사는 수납장에서 커다란 술병 두 개를 꺼내 양손에 쥐었다.

"선장님을 뵈었으면 합니다."

식탁 위에 술병을 내려놓는 윤 박사에게 강 중위가 말했다.

"기다리세요. 곧 오실 겁니다."

윤 박사는 강 중위 앞으로 술병 하나를 밀었다. 강 중위 맞은편에 앉은 그는 병째로 술을 들이켰다. 장은 망태기에서 장어 한 마리를 꺼내 들었다. 꿈틀거리는 장어를 노려보더니 머리 부분을 입에 넣고 오도독오도독 씹었다. 장어 꼬리가 요란하게 바동거렸다.

"놀랄 것 없어요. 저 친구는 무엇이든 날로 먹어치우죠."

윤 박사는 떨리는 손으로 술병을 쥐며 말했다. 안경 속에
비친 그의 눈은 탁했다. 썩은 생선에 박힌 것처럼 보였다.

"호아를 데려올게요. 일찍 잠들었거든요."

마리는 도미 요리가 담긴 접시를 탁자 위에 놓고 문 쪽
으로 향했다. 윤 박사는 오줌보가 찼다며 일어났다. 강 중
위는 장과 턱수염을 번갈아 보았다. 장은 짧은 머리가 하
늘로 뻗어 있었고 이마가 좁았다. 눈두덩 살집에 눌린 눈
은 제대로 뜨고 있는 건지 분간하기 어려웠다. 얼굴은 세
모 모양이고 턱이 굵었다. 그는 통통한 볼을 우물거리며
장어 한 마리를 먹어치웠다. 뚱뚱하지만 키가 크고 다부진
체격이었고 팔뚝이 허벅지처럼 굵었다. 턱수염이라 불리
는 남자는 왜소하고 수척하며 얼굴은 가무잡잡했다. 머리
카락은 길지 않으나 곱슬곱슬했고 숱 많은 굵은 수염이 귀
밑부터 턱 끝까지 덮었다. 허리와 목이 굽었고 얼굴은 소
년 같아 보이는 면이 있었다. 수염 탓에 나이를 짐작하기
어려웠다. 불룩 튀어나온 광대뼈가 받치고 있는 눈은 비관
적인 빛을 띠었다. 외모로 보아 동남아시아 사람인 것 같
았다.

"싸구려 럼주는 아니니까 마실 만할 겁니다."

자리로 돌아온 윤 박사가 줄지 않은 강 중위의 술병을 보며 말했다.

"죄송합니다. 술을 마실 수는 없습니다."

그때 마리가 돌아왔다. 그녀는 깡마르고 피부가 검은 소년의 손을 잡고 있었다. 소년 역시 한국인의 외모는 아니었다.

"중위님에게 인사해라."

그녀는 소년을 강 중위에게 이끌며 말했다. 소년은 고개를 숙여 인사했다.

"이 애가 호아예요. 우리 배의 마스코트이지요."

마리는 호아의 어깨에 손을 올리며 말했다. 얼굴이 한결 밝았다.

"선장님은 언제 뵐 수 있습니까?"

강 중위가 마리를 쳐다보며 물었다.

"곧 오실 거예요. 자정이 되어가니까요."

마리는 요리대로 걸어가 다시 요리를 시작했다. 강 중위는 손목시계를 들여다봤다. 자정까지는 한 시간이 넘게 남아 있었다. 마리가 두 번째로 가져온 접시에는 특이하게 생긴 생선이 담겨 있었다. 럭비공처럼 생긴 몸통에 위아래로 지느러미가 나 있는 생선이었다.

"개복치를 먹어본 적이 있나요?"

윤 박사가 물었다. 강 중위는 고개를 저었다. 호아야, 너도 좀 먹으렴, 하고 마리가 말했다. 그녀는 호아의 입에 음식을 가져가 먹이려 했다. 하지만 호아는 좀처럼 먹지 않았다. 강 중위는 마리의 얼굴에 아내의 얼굴이 겹치는 걸느꼈다.

"바람 좀 쐬고 오겠습니다."

그는 자리에서 일어나 밖으로 나왔다. 갑판으로 올라가 난간을 따라 배를 한 바퀴 돌았다. 비는 멎어 있었다. 검은 물결은 잔잔했고, 여기저기 상처투성이인 범선마저 잠든 듯 적막했다. 언제든 살아 있는 괴물로 변해 닥치는 대로 삼킬 것 같은 바다는, 적어도 지금은 움츠려 숨을 가다듬고 있었다.

그가 소년이던 시절 어느 날이었다. 할아버지가 몰고 나갔던 배가 바다에서 돌아오지 않았다. 이틀, 사흘이 지나도록 모습을 보이지 않았다. 오랜 벗처럼 볼 때마다 설레게 했던 바다는 그 뒤로 알 수 없는 존재가 되어버렸다. 손을 뻗으면 닿을 눈앞에 있는데도, 결코 닿지 못할 것 같았다. 평소 자주 들렀던 김 씨 노인이 왔다. 노인은 할아버지가 다른 세계로 떠났다고 말했다. 그것이 어떤 세계인지는 그가 다 자라면 알게 될 거라고 덧붙였다. 마음속에 그려본 그 세계는 여러 모습으로 변했다. 신비에 젖은 행성이었다가 어떤 날은 폭격을 맞은 폐허로 다가왔다. 한없이 넓은 느낌을 주다가도 갑자기 한 손에 담길 만큼 작아 보였다.

그는 종종 꿈을 꾸었다. 꿈속의 바다도 마찬가지였다. 황홀한 에메랄드색으로 빛나다가 한순간에 더러운 늪으로 바뀌었다. 생명의 요람이었다가 짐승의 내장처럼 돌변하는 것이다. 바다의 끝까지 가보자. 그곳에 어떤 세계가 있는지 직접 보리라. 그런 생각을 품으며 어느덧 성인이 되었다. 마을 사람들은 말렸지만, 고민하지 않고 해군 특수사단에 지원했다. 가혹한 훈련 속에서도 그는 버텼다. 하지만 아무리 다가가도 수평선을 넘을 순 없는 법이었다. 바다는 끝이 존재하지 않는 무한한 넓이를 가지고 있었다. 마음을 줄수록 바다는 역겨운 냄새만 피웠다. 그가 떠올렸던 세계는 마음속에서 점점 작아져 한 점이 되었다. 그러자 가족이 그리웠다. 그는 소개받은 동남아시아의 한 여자와 조건 없이 결혼했다.

등 뒤에서 인기척이 일었다. 그는 고개를 돌렸다. 마리가 다가오고 있었다. 그녀가 뭐라고 말했다. 그는 알아듣지 못했다. 마리는 강 중위의 코앞까지 다가와 그를 물끄러미 쳐다봤다. 조금 전보다 입술이 붉게 물들어 있었다. 그녀는 촉촉하게 젖은 눈매로 눈웃음 지었다. 그러고는 얼굴을 더 가까이 대며 말했다.

"선장님이 오실 시간이라고요."

마리는 고개를 좌우로 갸웃거리며 뒤돌아 걸어갔다. 강 중위는 쓴웃음을 내뱉고는 하갑판으로 돌아갔다. 홀의 탁자에는 빈 술병이 늘어나 있었다.

강 중위가 자리에 앉으려는 순간이었다. 홀 문이 열리는 소리가 나더니 시끌벅적한 실내가 일순간 조용해졌다. 모두의 시선이 강 중위의 등 뒤를 향했다. 강 중위는 고개 들어 그들의 시선에 합류했다.

문 앞에는 온몸을 구리로 덮은 것 같은 남자가 서 있었다. 강 중위는 순간 쪼그라드는 기분이었다. 남자는 몹시 컸다. 아니, 실제로는 그렇게 크지 않았는데 문 앞을 꽉 채우고 있는 느낌이었다. 움푹 파인 눈에는 그늘이 차 있었다. 그 속에서 찌를 듯 날카로운 빛이 뻗어 나와 강 중의 시선에 엮였다. 무엇이든 꿰뚫어 볼 듯 매서웠다. 이마를 가르는 굵은 주름은 상처처럼 짙었고 머리칼은 은색으로 빛났다. 깨끗이 면도한 턱은 선이 굵었고 입술은 납을 바른 듯 굳게 닫혀 있었다. 남자는 대각선으로 그어진 오른쪽 눈 밑 흉터 자국을 실룩거렸다. 쉰? 예순? 아니 일흔? 도무지 나이를 짐작하기 어려웠다.

"자네가 그 손님이로군."

그는 강 중위를 쏘아본 뒤 탁자 끝 쪽으로 걸어가 자리에 앉았다. 그의 머리가 격벽에 걸린 초상화의 인물을 가리자, 액자의 붉은 배경이 그의 후광처럼 보였다. 마리가 금빛으로 빛나는 접시를 그의 앞에 놓았다.

"운이 좋군. 이곳에서 개복치를 먹게 될 줄이야. 새끼로군. 맛은 더 좋지."

그는 포크를 들어 탁, 소리를 내며 접시에 찍었다.

"당신이 이 배의 선장입니까?"

강 중위는 남자에게 물었다. 목소리가 조금 떨렸다. 남자는 강 중위를 쳐다보지도 않고 접시에 담긴 음식을 입에 넣어 씹었다. 접시가 비워지자 쓸쓸한 표정을 지으며 장에게 손짓했다. 장은 장식장에 진열된 주석 잔을 가져와 술을 따르고는 남자의 접시 옆에 놓았다. 그는 그것을 들고 단숨에 비웠다. 잔에 양각된 독수리 문양이 촛불에 번뜩였다. 그는 빈 잔을 강 중위 앞에 놓고 술을 채웠다.

"파두아에 승선한 것을 환영하네. 내가 이 배의 선장일세."

3

강 중위는 취기가 올랐다. 사람들은 큰 소리로 떠들었다. 마리는 남자들 사이사이를 돌아다니며 술잔을 부딪쳤다. 그럴 때마다 깔깔거리며 웃었다. 그 웃음이 헤퍼 보였다. 강 중위는 냉정해지려고 할수록 머리가 아팠다. 돌처럼 딱딱한 선장의 손을 잡은 다음 술을 사양하려 했지만, 그럴 수가 없었다. 선장님의 술을 받지 않는 건 이 배를 거부하는 겁니다, 하고 윤 박사가 차갑게 말했고 강 중위는 잔을 비웠다. 사실, 초라해지는 자신의 표정을 감추고 싶기도 했다. 럼주를 마시는 건 처음이었다. 단 한 잔에 어질어질했다.

선장과 윤 박사는 끊임없이 대화를 나누었다. 이스터섬의 거대 인면석상(人面石像)은 단지 지배자의 과시를 위해서이거나 주민들의 문화적 성취감 때문만은 아니라는 겁니다. 윤 박사는 다소 굳은 얼굴로 말했다. 물론 이스터섬의 문명은 완전히 파괴되었습니다. 하지만 이들은 세계에서 고립된 자신들에게 닥쳐올 한계를 알았고, 인면석상을 통해 외부 문명과 접촉하려는 시도를 한 것이죠. 윤 박사의 말에 선장은 시가를 재떨이에 비벼 끄며 말했다. 이스터섬을 멸망시킨 건 인간이네. 정확히 말하자면 인간의 문명발달에 대한 욕구에서 기인한 것이지. 거대한 석상을 지으려면 더 많은 인구가 필요했네. 결국 한정된 자원이 고갈되고 말았지. 선장의 말에 윤 박사가 대꾸했다. 그들이 고립되지 않고 타 문명과 접촉할 수만 있었어도 그렇게 되지는 않았을 겁니다. 윤 박사는 조금 흥분한 듯했다. 선장은 술잔을 들여다보며 말했다. 지구 역시 우주 안에서는 고립된 하나의 섬에 불과하네. 그렇다면 인간의 문명은 외계 행성에나 존재할지 모르는 또 다른 문명을 향한 신호란 말인가?

이스터섬에 관한 이야기라면 강 중위도 알고 있었다. 그곳은 세계에서 가장 고립된 섬이었다. 그 어떤 문명과도 교류하기 힘든 위치였다. 722년 네덜란드의 탐험가가 그곳을 발견했다. 발견 당시 그 섬은 나무 하나 없는 초지였다. 거주하는 사람은 없었고 불가사의라고 할 만한 거대한 석상들만 섬을 지키고 있었다.

"선장님, 드릴 말씀이 있습니다."

강 중위가 그들의 말을 잘랐다. 선장과 윤 박사가 그를 쳐다봤다.

"저에게도, 그리고 이곳 사람들에게도 시간이 많지 않습니다."

선장은 안주머니에서 둥근 물체를 꺼냈다. 회중시계였는데 유리에 금이 가고 흠집이 많았다. 선장의 모습에 강 중위는 화가 났다. 선장은 항상 강 중위가 말을 꺼낼 때마다 뭔가 곰곰이 생각한 뒤에 대화를 이어갔다. 강 중위의 말을 음절까지 하나씩 분해해 머릿속에서 꿰어보는 것 같았다.

"아시다시피 제가 이곳에 온 것은……."

"우리를 보호소로 데려가겠다는 건가?"

"그렇습니다."

"우리가 그곳으로 가야 할 이유가 뭔가?"

"이곳이 위험 지역이기 때문입니다."

"보호소는 안전한가?"

"그렇다고 볼 수 있습니다."

마리가 김이 솟는 커피잔을 탁자에 놓았다. 선장은 커피잔을 들어 물끄러미 들여다보았다. 강 중위는 부러 소리 나게 커피를 빨아들였다.

"많은 사람이 서울을 안전한 곳이라 생각하며 살고 있지. 하지만 만일 이백 년에 한 번씩 서울에 대홍수가 발생한다고 가정해 보세. 그렇게 따진다면 서울도 사람 살 곳이 못 되는 법 아니겠나? 실제로 그런 주기로 대홍수가 난다는 사실을 사람들은 잘 모르고 있지."

"그래서 댐을 짓고 둑을 쌓지 않습니까?"

강 중위가 대꾸했다. 선장의 눈빛이 한층 날카로워졌다.

"이보게 중위, 우리가 발 딛고 있는 지구의 지각은 끈적거리는 액체 위에 떠다니는 얇은 판에 불과하네. 지구 어느 곳에도 완전히 안정된 고체 표면은 없지. 지구라는 행성의 기준으로 보면, 바다는 지각이 움직이는 데 따라 밀려 나가는 작은 웅덩이일 뿐일세. 적도는 동쪽으로 시속 1,600킬로미터 이상의 속도로 움직이지. 그곳에서 대기는 거대한 회오리와 소용돌이를 생성시키고 재분배하네. 화산과 지진과 태풍은 지구의 관점으로는 지극히 자연스러운 것이네. 그것으로도 충분치 않으면 이것을 고려해 보게. 우주에서 지구는 수천 개에 달하는 소행성의 궤도를 가로지르고 있네. 지구가 그 행성들과 충돌할 가능성은 얼마든지 있는 걸세. 알겠나? 지구 그 자체가 무시무시한 공간이란 말일세."

선장은 조금도 눈빛을 흐트러트리지 않으며 말했다. 강 중위는 할 말을 잃었다. 선장의 말은 일리가 있었다. 하지만 비현실적이었고 지나치게 비약된 논리였다. 망상에라도 빠져 있는 걸까? 강 중위는 선장의 말을 받아치지 않았다. 쉽게 상대할 사람이 아니었다.

말을 마친 뒤 선장은 한동안 입을 다물었다. 실내의 분위기는 어색했다. 선장은 몇 안 되는 사람들을 앞에 두고 자신의 표정과 말로 그들의 긴장을 쥐락펴락했다. 강 중위는 이해하기 힘들었다. 그들은 마치 이 배가 지금 항해 중이라고 생각하는 것 같았다.

"분위기가 왜 이런가? 이래서야 어디 초승달이 날을 세워 먹구름을 찢고 얼굴을 내밀겠는가?"

선장은 주석 잔을 손으로 쥐었다 놓았다 하더니 턱수염을 향해 손가락을 튕겼다. 턱수염은 장식장 위에 걸린 만돌린을 가져왔다. 그는 의자 위에 쭈그리고 앉아 만돌린을 감싸안았다. 트레몰로로 구슬픈 전주가 시작되는가 싶더니 곧이어 빠른 삼박자의 경쾌한 춤곡이 이어졌다. 판당고 풍 곡이었고 꽤 정교한 연주였다. 선장과 윤 박사는 시가를 입에 물고 피웠다. 강 중위는 뱃멀미하는 듯 속이 울렁거렸다. 턱수염의 만돌린은 점점 더 빠른 리듬을 탔다. 마리는 관능적인 웃음을 흘리며 흐느적거렸다.

예스페르센 선장은 엉터리였네. 선장이 윤 박사를 향해 말했다. 로툰터 선장도 마찬가지였지. 디젤 엔진을 달고서도 그걸 범선입네, 하고 떠들어 대는 꼴이라니. 그러고는 바람이 불지 않는 곳에서 언제든 그걸 틀어댔네. 그들이 모험가라고? 웃기는 소리지. 그들은 바다를 모르는 작자들이었지. 윤 박사는 눈을 찡그리며 대꾸했다. 그렇게 따지면 쿠스토 선장이야말로 엉터리 아닙니까? 평생 바람이 없는 심해 속만 돌아다녔으니 말이죠. 윤 박사의 말에 선장은 후훗, 하고 웃었다. 쿠스토 선장은 모험가라기보다는 예술가에 가깝지.

4

마스트 꼭대기에서 떨고 있는 돛의 진동이 로프를 타고 내려와 강 중위의 팔에 울렸다. 갑판 위 화로 속에는 장작이 불티를 날리며 은은하게 타고 있었다. 바람이 불 때마다 장작이 벌겋게 달아올랐다.

조금 전, 홀에서 나와 갑판을 걷던 강 중위는 거북한 속을 달래려 심호흡했다. 그때, 중위님, 하고 윤 박사가 그를 불렀다. 윤 박사의 한 손에는 마리의 손이, 다른 손에는 페트병이 쥐어져 있었다. 아무래도 럼주가 입맛에 안 맞는 모양이죠? 하긴, 한국 사람끼리는 소주가 최고 아닙니까. 윤 박사는 화로에 장작을 두어 개 던지고 그 앞으로 통나무를 가져와 페트병을 올려놓았다. 강 중위는 될 대로 되라는 생각으로 그들 틈에 끼었다.

"도대체 이 배의 정체가 뭡니까?"

강 중위는 시선을 윤 박사에게 옮기며 입을 열었다. 윤 박사는 안경을 고쳐 쓰며 강 중위를 쳐다봤다.

"마지막 케이프 호너(Cape horner)이자 화물 수송용 가로돛 범선이죠. 지구상에서 가장 험한 항로인 케이프 혼을 경유했던 배란 말이에요. 이 배는 배수량 3,200톤을 자랑하지요. 저 비어 있는 돛대에 돛이 모두 걸리면 돛 전체 면적만 3,000제곱미터가 넘어요. 함부르크 선박회사가 소유했던 배인데, 2차 대전 후에 전쟁배상 차원에서 소련 해군에 인계되었죠. 소련에서는 크루젠슈테른으로 불렸어요. 세계 일주를 완수한 러시아 최초의 탐험가 이름을 붙인 거죠. 소련이 해체되고 나자, 러시아 칼리닌그라드 해양 학교 소유물이 되었고, 해군 훈련용으로 사용됐나 봐요. 거기서 이 배는 행사 때나 모습을 보이는 그저 그런 배에 지나지 않았죠. 지금의 선장을 만나기 전까지는 말이에요."

"제가 알기론 홀에 있던 그 그림은 매우 위험한 인물입니다."

"아, 그 초상화에 그려진 자는 이 배의 주인이고 배의 모든 기억을 지니고 있죠."

"김진혁 대위님이 이곳에 있었던 걸로 알고 있습니다."

강 중위는 조심스럽게 물었다. 그러자 윤 박사의 눈에 그늘이 지기 시작했다. 마리의 얼굴빛은 어두워졌다. 그녀는 일어서며 뱃머리를 향해 걸었다. 어둠 속으로 사라져 가는 그녀에게 냉기가 풍겼다.

"그는……. 떠났어요."

윤 박사는 술병을 기울인 뒤 긴 한숨과 함께 술 냄새를 뿜어냈다. 그의 입김으로 화로 속 잿가루가 날렸고 허공 속에 원을 그리다가 사라졌다. 강 중위는 자리에서 일어나 마리가 사라진 곳으로 향했다. 마리는 난간 위에 팔꿈치를 대고 두 손으로 턱을 괴고 있었다. 강 중위는 그녀 곁으로 다가갔다.

"저 바다가 무슨 색이죠?"

그녀는 바다를 향해 시선을 고정한 채 말했다. 강 중위는 순간 몸이 굳었다. 김 대위도 그에게 같은 질문을 했었다. 그는 대답했다.

"글쎄요. 지금은 분명 검은색을 띠고 있습니다."

마리는 알 수 없는 미소를 지으며 다시 바다를 바라보았다.

5

강 중위는 여러 번 토했다. 말린 생선의 비린내가 콧속을 파고들며 폐부를 채웠다. 위 속을 모두 게워 내자 몸이 떨렸다. 화로에는 희미한 불씨만 남아 있었다.

그는 자리에서 일어섰다. 아무도 그에게 어디로 가느냐고 묻지 않았다. 그는 몸을 움츠리며 걸었다. 배가 흔들리는 것 같았고 속은 여전히 울렁거렸다. 어두운 하갑판에서 걷다가 여러 번 넘어질 뻔했다. 기다시피 해서야 겨우 그의 선실에 이르렀다.

상의를 벗고 침대에 누웠다. 어둠에 적응하려는 동공은 점점 커졌다. 눈은 곧 어둠에 익숙해졌다. 그렇지만 몸은 좀처럼 적응하지 못했다. 그는 빠르게 숨을 몰아쉬었다. 식은땀이 흘렀다.

윤 박사의 말에 따르면 김 대위가 이곳에서 열흘간 머물렀다고 했다. 김 대위는 무슨 까닭으로 이 수수께끼 같은 사람들과 함께 지냈던 걸까? 그가 탈영한 이유부터 따져봐야 했다. 수상했다. 윤 박사는 김 대위에 관한 이야기를 꺼렸다. 강 중위는 배낭에 넣어둔 노트를 꺼냈다. 노트 표지에는 '검은 바다'라고 쓰여 있었다. 김 대위가 탈영하기 전에 흘리고 갔던 노트였다. 알 수 없는 일이었다. 김 대위에 관한 기억을 떠올리려 할 때마다 마음 한편이 묵직해졌다.

머릿속이 하얘질 때까지 기다려 봤지만 잠이 오지 않았다. 억지로 눈을 감아보았다. 눈은 금세 떠지고 말았다. 그는 탁자 위에 던져놓은 상의를 뒤져 담뱃갑을 꺼냈다. 불이 붙은 담배를 빨아들이고는 재를 침대 옆에 털었다. 대여섯 대의 담배를 끊지 않고 지폈다.

김 대위와 보았던 어둠의 용솟음. 역시 그것을 떠올려야 할까? 개기일식을 보는 듯한 장면 속에서 그는 몸이 얼어붙었다. 하지만 그것이 마지막 기억이었다. 정신을 차렸을 때는 응급실이었다.

그는 담배를 바닥에 떨어뜨리고 두 손을 가슴에 대었다. 다리를 웅크려 몸을 말았다. 그 자세를 하면 우울한 생각을 덜 할 수 있었다.

인어가 살고 있던 시절이 있었단다. 그 시절, 사람과 인어가 만나면 서로 손을 흔들며 인사했지. 인어는 말하지 못했지만, 사람들에게 물고기가 많은 곳을 가리키며 미소 짓곤 했단다. 인간도 짐승도 반인반수(半人半獸)도 서로 어울리던 시절이었지. 그런데 어느 날, 무서운 일이 일어났단다. 역병이 돌았지. 병에 걸려 의식을 잃은 사람들이 늘어났단다. 그들은 그렇게 누워 펄펄 끓는 열에 시달리다가 한 달이 넘으면 숨이 멎었지. 어디선가 이상한 소문이 돌았단다. 인어의 간이 그 병을 치료할 유일한 약이라는 소문이었지. 사람들은 앞다퉈 인어를 잡으려고 혈안이 되었단다. 그 누구도 닿지 못했다는 암초 밭을 헤치고 무시무시한 폭풍우를 뚫으며 인어를 찾아다닌 거야. 불행히도 인어의 간은 효험이 없었지. 하지만 그 맛은 인간이 처음 경험하는 것이었고 그 맛이 주는 황홀경에 빠져 사냥을 멈추지 않은 거야. 인어를 가축 취급하면서 말이야. 인어들은 잔혹한 인간을 피해 다니며 바다 깊숙이 몸을 숨겼단다. 그들은 상체마저 차츰 모습을 바꾸었지. 사람의 얼굴을 해서는 그 깊은 바닷속에서 살 수 없었던 거야. 더 두꺼운 가죽을 둘러야 했고, 더 오래 숨을 참고 물고기처럼 헤엄쳐야 했지. 오늘날 우리는 그들을 고래라고 부른단다. 이것이 네가 고래를 만나게 되더라도 함부로 잡지 말아야 할 이유지.

그는 할아버지가 해준 동화 같은 이야기를 떠올렸다. 고래? 갑자기 가슴이 두근거렸다. 고래를 떠올리기만 하면 항상 그랬다. 할아버지의 이야기를 들은 뒤로 고래를 본 적이 있었다. 그것은 동심을 반으로 쩍, 갈라놓은 사건이었다. 그에게 닥친 바다의 첫 번째 배신이었다. 그 장면을 잊을 수 있을까.

눈꺼풀이 스르르 감겼다. 그는 마음속에 수평선을 떠올린다. 그곳을 향해 끝없이 헤엄친다. 잠이 올 때까지 팔을 저어야 한다. 출렁이던 바다가 잠잠해지면 자신의 꿈으로 향하는 통로가 열린다. 점차 머릿속은 푸른빛에 잠기고 잠이라는 천사가 그의 손을 잡는다. 이불 속에 묻은 그의 몸은 깊이, 더 깊이 가라앉는다.

바다는 여러 색깔로 다가왔다. 처음엔 푸른빛을 띠었다가 차차 붉어졌고, 다시 자주색으로 펼쳐졌다가 회갈색이 되었다. 그것은 점점 짙어졌다. 갑자기 어둠이 춤을 췄다. 그것들은 서로 갈라졌다가 한데 뒤섞여 하나의 형상을 그려냈다. 형상은 희미한 실루엣을 남겼다. 아내의 모습인가, 하고 생각하는 순간 그의 입술에 온기가 와닿았다. 따뜻한 우유 속을 헤엄치는 기분이었다. 꿈의 세계가 열렸다. 하얀 광선이 쏟아져 내리고 수면 위로 아름다운 여인이 고개를 내민다. 아내다. 그는 다가가 물에 젖은 그녀의 머리카락을 쓰다듬는다. 작지만 부드럽고 탄력 있는 가슴에 머리를 파묻는다. 그녀를 팔로 감싸고 엉덩이에 손을 올린다. 이건……. 사람의 것이 아니다. 거칠거칠한 비늘로 덮여 있다. 그녀는 그를 껴안고 꼬리를 크게 너울거리며 깊숙한 심해로 향한다.

비릿한 바다 냄새를 맡으며 눈을 떴다. 어젯밤의 일이 가물거렸다. 매슥거리는 가슴을 두드리며 일어나려는데 옆에 누운 누군가를 느꼈다. 고개를 돌리다가 황급히 몸을 일으켰다. 마리의 긴 머리칼이 흐트러져 있었다. 담요 아래로 그녀의 불그스름한 다리가 드러나 있었다.

II.

혼란

──── 척박하고 어두운 환경에서 탄생한 생명체. 그것이 해야
했던 최초의 갈등은 무엇이었을까. 빛이 존재한다는 것을 감지한
순간부터 그들은 혼란에 빠지기 시작했다. 어둠 속에 그대로 머물
것인가, 아니면 빛을 향해 나아갈 것인가······.

- 김 대위의 노트 '검은 바다' 中

1

갑판에 오른 강 중위는 잠이 덜 깬 기분이었다. 짙은 안개가 바다를 삼켰고, 보이는 것이라고는 안개를 뚫고 희미하게 드러난 돛대뿐이었다. 바람이 없었다. 썰물에 밀려간 바다는 잠잠했다.

겨우 하룻밤을 지냈을 뿐인데도 이 배와 함께 수년간 항해한 기분이었다. 마치 수십 년의 세월을 거슬러 올라가 그가 궁금해했던 미지의 세계에 내던져진 것 같았다. 그는 아직 어젯밤의 꿈에서 깨어나지 않았기를 바랐다.

역한 술 냄새가 가시지 않았다. 지난밤에 마신 술은 기억을 압축해 놓은 액체인 듯 마시면 마실수록 질서 없는 이미지를 드러냈고 머릿속을 어지럽혔다. 아직도 그 혼란의 잔재가 그의 입속에 머물고 있었다.

명백한 잘못을 저지르고 말았다. 술을 마시고 여자와 잔 것은 인정할 수 있었다. 그러나 그는 임무를 맡고 작전을 수행하는 몸이었다. 생각해 보면 그는 어제부터 최면에 걸려 이곳 사람들의 암시에 따라 끌려다닌 것 같았다. 그것에 화가 났다. 안개가 걷히면 어떤 현실의 대가가 기다리고 있을지 두려웠다.

뱃머리 쪽에서 발소리가 났다. 보폭이 좁은 조심스러운 발소리였다. 발소리는 선수루 갑판으로 이어졌다. 발소리가 멈추자, 그곳에서 은은한 종소리가 울렸다. 종소리는 짧게 세 번으로 그쳤다. 잠시 뒤 맞은편 선미루 쪽에서 또 다른 발소리가 갑판을 울렸다. 절도 있고 규칙적인 그 발소리는 강 중위가 서 있는 돛대 아래로 다가오고 있었다. 강 중위는 일어서며 점점 명료해지는 발소리의 주인을 맞았다.

"가세. 식사 시간일세."

안개 속에서 윤곽을 드러낸 사람은 선장이었다. 강 중위는 그제야 꿈에서 깨어난 기분이었다. 선장은 선수루를 향해 발걸음을 옮겼다. 강 중위는 그대로 선 채 이물 쪽에서 합류하는 두 명의 발소리를 들었다. 그것은 홀을 향하다가 사라졌다. 강 중위는 잠시 서 있다가 그쪽으로 걸어갔다.

홀에는 각자 어젯밤과 같은 위치에 앉아 있었다. 무거운 분위기였다. 대책 없어 보일 정도로 술을 마시며 쏟아내던 활기는 보이지 않았다. 강 중위와 시선이 마주친 마리도 표정이 어제와 달리 차가웠다. 강 중위는 애써 마리의 시선을 피했다. 마리가 조기로 끓인 국을 내왔다. 선장이 숟가락을 들었다. 강 중위는 쌀밥을 한술 떠 입에 넣었다. 밥알이 입속에서 통통 튀었다.

2

식사를 마치고 말없이 자신의 선실로 돌아온 강 중위는 김 대위의 노트를 펼쳤다. 종이는 누렇게 바랬고 꾸깃꾸깃했다. 그는 노트의 첫 페이지를 넘겼다. 사인펜으로 쓴 문구가 그의 눈에 들어왔다.

"내가 주장할 수 있는 유일한 원칙은, '영원한 불가능은 없으며, 그 어떤 것이든 상상으로 떠올릴 수만 있다면 그것은 실제로 벌어질 가능성이 높다.'라는 것이다."

김 대위는 무엇을 말하고 싶었던 것일까. 강 중위는 드러누워 한 손으로 노트를 받쳤다. 손바닥만 한 크기의 노트에 작은 글씨가 촘촘히 채워져 있었다. 한 장 한 장 넘길수록 글씨는 질서를 잃어갔다. 어두운 눈빛을 가지고 있던 이 해양학자의 글은 난해하고 염세적이었다. 거의 마지막 페이지에 이르렀을 때였다. 강 중위는 손을 멈추고 허리를 일으켰다. 하나의 삽화가 좌우 두 페이지에 걸쳐 그려져 있었다. 삽화라고 하기보단 낙서에 가까웠다. 종이를 채운 빗발 같은 사선은 재난을 묘사한 것 같았고, 그 속에 두 개의 눈이 빛을 발하며 박혀 있었다. 김 대위도 그런 섬뜩한 눈을 가진 적이 있었다. 부산 앞바다에서였다.

크고 작은 태풍 속에 시달렸던 올해 여름은 유난히 길었다. 바다가 삶의 터전인 사람들은 여름만큼이나 긴 무력감에 빠져 있었다. 강 중위가 살았던 남해지역은 더 심각했다. 그곳은 쓰나미와 태풍을 정면으로 맞아야 했다.

바람이 선선해질 무렵에야 어촌 사람들은 일어섰다. 마냥 손 놓고 있기에는 지난 사 개월간의 손실이 너무 컸다.

부서진 선박을 정비하고 그물을 엮었다. 통발을 준비하고 낚싯줄에 바늘을 달았다. 양식장을 손질하고 가두리를 둘렀다. 바다를 뒤덮은 죽은 물고기를 건져내어 땅에 묻었다. 어선을 가진 사람들은 국가에서 지원한 경유를 연료통에 가득 채우고 선원을 모집했다. 선원을 구하기는 쉽지 않았다. 어촌을 지키던 사람들마저 고향을 버리고 빠져나간 상황이었다. 어쩔 수 없이 도시에서 외국인 노동자를 데려와야 했다. 대부분이 고기잡이를 해본 적도 없는 농촌 출신이었다.

그 무렵, 어촌을 완전히 침몰시킬 태풍이 괌에서 자라나고 있었다. 기상청은 시시각각 주의를 기울이며 조심스럽게 보도했다. 다행히 그것은 대만으로 향하고 있었다. 대만을 통과하면 세력이 급속히 약해질 것이라는 전망이 나왔다. 하지만 기대와 달리 대만 동남쪽 해상에서 진로를 틀었다. 그뿐만 아니라 그 지역에 약하게 일고 있던 또 다른 태풍을 만나 덩치를 부풀렸다. 한반도는 긴장했다. 그 초대형 태풍이 향할 방향에 운명이 걸린 것이다.

설마 하던 일이 터지고 말았다. 초대형 태풍은 오키나와를 거쳐 한반도를 향했다. 마라도에 납덩어리 같은 비와 바람이 몰려왔다. 같은 시각, 제주도에도 유례없는 강풍이 휘몰아쳤다. 깊은 밤이었고 미처 대비하지 못한 사람들은 우왕좌왕하며 발을 굴렀다. 자정을 넘겨 남해를 건너온 태풍은 무시무시한 해일을 거느리고 부산 앞바다에 나타났다. 거대한 물결 위로 끓는 포말이 시민들을 덮쳤다.

순식간에 부산 곳곳이 물에 잠겼다. 낙동강이 범람했고 전기와 수도가 끊겼다. 오월에 겪었던 쓰나미는 전주곡에 불과했다. 태풍이 휩쓸고 간 부산은 무거운 암흑만 이고 있었다.

불빛을 밝히며 긴급구조특기대 경비정이 제주에서 출동했다. 태풍이 지나간 자리를 따라 부산으로 향하던 경비정이었다. 새벽빛이 움틀 시각이었지만, 그것이 암흑을 걷어내지는 못할 것 같았다. 해상을 가로지르던 대교는 무너져버렸다. 다리를 잃은 기둥 위에 유람선 한 척이 거꾸로 걸려 있었다. 자동차는 모두 물 위를 떠다녔다. 강 중위는 입술을 깨물었다.

눈앞에 보이는 것은 무차별 폭격을 맞은 전쟁터나 다름없었다. 김 대위의 부릅뜬 눈에서 무서운 빛이 흐르기 시작한 것은 그때부터였다. 강 중위는 그 눈을 마주할 자신이 없었다.

그 시각, 태풍은 태백산맥을 타며 북으로 향했다. 산맥을 지나며 바람은 약해졌지만, 차가운 공기를 만나 강수량이 늘어났다. 산사태가 이어졌고 산간 지역은 고립됐다. 도로가 유실되자 자동차는 무용지물이었다. 소양강댐은 초당 5,500톤의 물을 쏟아내고 있었다. 방류할 수 있는 최대 수량(水量)이었다. 일 1,000밀리리터를 넘는 비가 온다면 댐은 버티지 못하리라는 전망이 나왔다. 관계자들은 노심초사했다.

소양강댐 관리소장의 보고를 받은 정부에는 긴장이 흘렀다. 소양강댐이 붕괴하면 한강이 범람하고 서울은 물바다가 될 터였다. 서울시민에게 사실을 알려야 한다는 의견이 다수였고, 결국 정부는 특집 방송을 시작했다.

대피령이 떨어졌다. 서울은 아수라장이었다. 사재기가 들끓다가 약탈로 이어졌다. 대형 마트는 문을 걸어 잠갔지만 폭도에게 점거되어 몽땅 털렸다. 경황이 없는 주민들은 라면과 초콜릿을 다섯 배가 넘는 가격에 팔고 샀다. 광신교 신도들이 목청껏 소리를 지르는 가운데 자동차의 긴 행렬이 줄을 이었다. 성급한 사람은 차를 버리고 걷기 시작했다. 클랙슨 소리, 아이의 울음소리, 여기저기서 다투며 욕을 내뱉는 소리가 거리를 메웠다.

태풍은 하루 동안 물벼락 같은 비를 뿌리며 물러갔다. 소양강댐은 1,200밀리리터가 넘는 비를 버티다가 무너졌다.

3

선실 밖으로 날카로운 기계음이 울렸다. 강 중위는 노트를 주머니에 넣고 갑판으로 향했다. 장이 보트에서 시동을 걸고 있었다. 턱수염과 윤 박사가 차례로 보트 위에 올랐다. 윤 박사는 어제보다 더 심하게 손을 떨며 한 손에 술병을 쥐고 있었다. 보트는 수평선을 향해 물살 위로 매끄러져 나갔다. 엔진 소리가 바다를 가르며 울려 퍼졌다.

강 중위는 멍하니 그들을 쳐다보았다. 이번 임무를 어떻게 완수해야 할지 막막했다. 이들에겐 사회가 정한 법이 의미 없었다. 선장을 대체 무슨 수로 설득한단 말인가. 결국 마리라는 여자만 데리고 가야 할 것이다. 그러나 그걸 어떻게?

보호소는 안전한가?

어젯밤에 했던 선장의 말이 지워지지 않았다. 전국 곳곳에 보호소가 운영되고 있었다. 보호소는 긴급구조특기대가 통제했다. 대부분 학교 건물을 이용했으나 늘어나는 이재민을 감당하기엔 턱없이 부족했다.

제주도에 있는 보호소는 슬레이트로 지어진 간이식 건물이었다. 전국에서 가장 큰 규모의 시설이었고 한라산 중턱에 자리 잡고 있었다. 제주와 남해에서 재해를 입고 몰려든 사람이 수만을 넘었다. 인원이 늘어가자 여기저기 문젯거리가 생겼고 불만도 터져 나왔다. 십만 명이 넘었을 때였다. 더는 정상적인 수용이 불가능했다. 폭력이 끊이지 않았고 남의 것을 훔치는 사건이 숱하게 발생했다. 긴급구조특기대는 한계를 인정했고 그들이 곧 소요를 일으키리라고 판단했다. 그 무렵, 박 대령은 제주 보호소를 관할할 책임자가 되었다. 그는 보호소에 있는 남자들을 훈련하기 시작했다. 남자들은 불만이 가득했지만, 훈련에 나오지 않으면 끼니를 받지 못했다. 훈련을 마친 남자들은 재난지역으로 보내졌다. 그들은 군대식 통제를 받으며 피해를 복구했다. 군인도 대응하기 어려운 현장에서 위험한 작업을 해야 했다. 그 과정에서 목숨을 잃는 사람이 나오기도 했다.

제주도 보호소는 마지막 태풍이 왔을 때 허물어져 버리고 말았다. 적지 않은 사람들이 다치거나 실종됐다. 보호소에 수용된 사람들은 넋이 나갔고 모든 걸 포기했다. 더떨어질 곳 없는 지옥을 경험한 것이다. 태풍이 물러가자,

박 대령은 군용 천막을 나눠주었다. 그들은 자신이 거처할 건물을 다시 지어야 했다.

무너진 산기슭을 복원하고 터를 닦았다. 목재를 운반하고 못질했다. 시멘트를 개고 돌을 날랐다. 여자와 노인들도 동원되었다. 박 대령은 그들을 엄격히 다스렸다. 조직적인 노역이 익숙지 않은 그들은 쉽게 다치고 사고를 냈다. 그래도 작업은 멈추지 않았다. 가을이 지나가며 겨울이 다가오고 있었다. 그들은 추위에 떨기 시작했으나 마음은 가벼웠다. 아무리 하늘이 미쳤기로서니 또 다른 태풍이 온다는 건 말이 되지 않았다.

보호소를 떠올리던 강 중위는 검지와 중지 사이에 끼운 담배를 뻑뻑 빨았다. 한 개 더 꺼내려다가 등 뒤에서 소리가 나길래 돌아보았다. 호아라는 꼬마였다. 갑판 위에 오른 꼬마는 강 중위를 바라보고 있었다. 꼬마의 눈은 맑았으나 뭔가를 숨기고 있는 듯한 느낌이었다. 살아 있는 눈빛이 아니었다. 어린아이답지 않았다. 그는 꼬마에게 다가갔다. 꼬마는 뒤돌아 뛰어가더니 앞돛대 앞에 멈췄다. 안쓰러울 정도로 깡마른 아이였다. 꼬마는 해치를 열어 공구통을 끙끙거리며 꺼냈다. 그러고는 보트 거치대가 있는 곳으로 올랐다. 노가 달린 보트가 세 대 있었는데, 그중 한 대는 엎어져 있었다. 강 중위는 오도카니 서 있는 꼬마를 지켜보다가 그곳으로 다가갔다.

엎어진 보트는 이물 쪽 바닥에 커다란 구멍이 나 있었다. 암초에 부딪힌 모양이었다. 꼬마는 나뭇더미에서 땔감용 각목을 가져다가 보트 앞에 놓았다. 각목을 구멍에 재 보며 어떻게 해야 할지 궁리하는 모습이었다.

"무엇을 하려는 거니?"

강 중위가 물었다. 꼬마는 잘못한 일을 들키기라도 한 것처럼 강 중위를 쳐다보았다.

"배, 배를 고치려고요."

꼬마의 발음은 어눌했다.

"너 혼자 말이니?"

꼬마는 고개를 끄덕이다가 뒤돌아 보트 앞에 쭈그려 앉았다. 꼬마의 팔이 앞뒤로 움직였다. 나무를 자를 수 있을지 의문이 드는 힘없는 톱질 소리가 났다. 강 중위는 갑판을 둘러보았다. 남자들이 돌아오기까지 기다리자니 답답했다. 말이 통하지 않는 선장과 대화할 수도 없는 노릇이고 마리와 마주치기는 껄끄러웠다. 강 중위는 소매를 걷었다.

"어디 보자. 내가 좀 도와줄까?"

보트를 수리하는 작업은 어려운 기술이 필요하다. 어린

아이가 아무리 궁리한들 혼자서 하기는 어려운 일이다. 강 중위는 보트를 뒤집었다. 꼬마를 안고 보트 위에 올라탔다.

"여기 가운데 중심선을 따라 가로로 박혀 있는 나무들이 보이지? 이것을 용골이라고 부른단다. 사람의 갈비뼈나 다름없는 거야. 뼈대가 없는 나무배는 파도에 쉬이 부서지지. 그러니 먼저 부러진 용골부터 수리해야 하는 거야."

꼬마는 강 중위의 설명을 진지하게 들었다.

"오른쪽 두 번째와 세 번째 용골이 부서졌구나. 내가 이것들을 빼내마. 부서져 나간 부분을 왼쪽하고 똑같이 만들면 되겠지?"

꼬마의 표정이 밝아졌다. 강 중위는 그 얼굴을 한참 동안 바라봤다. 꼬마는 신명이 났는지 발을 굴리다가 보트에서 내려가 공구 통을 열었다.

4

강 중위는 점심을 먹은 뒤로 한 시간 넘게 잤다. 오랜만에 맛보는 단잠이었다. 호아와 함께 톱질하고 나무를 깎는 동안은 아무 생각도 나지 않았다. 즐거워하는 호아의 모습에 덩달아 기분이 누그러졌다.

잠에서 깨자 다시 마음이 무거웠다. 남자들이 돌아올 시간이었다. 그는 일어났다. 마리와 대화를 해봐야 했다. 그런데 마리가 어디에 있는지 알 수 없었다. 마리는 식사 시간을 제외하면 모습을 보이지 않았다.

방에서 나와 복도를 따라 걸었다. 선실 문을 하나씩 두드려 보았지만, 대답이 없었다. 그는 갑판 위로 올라가 홀 앞까지 걸었다. 홀 문을 열고 안으로 들어갔다. 그곳에도 마리는 없었다. 그는 둘러보다가 홀 끝 벽에서 쑥 들어간 곳에 시선을 멈췄다. 그곳에 다가가 손으로 벽을 짚으며 서너 걸음 나아갔다. 그러고는 앞을 가로막는 문에 이마를 부딪쳤다. 손으로 문을 훑어내리자 차가운 철제 손잡이가 닿았다. 손잡이는 돌려지지 않았다. 어제 배를 한 바퀴 돌면서 그는 이 배의 구조를 구석구석 파악한 터였다. 선미루에서 홀로 들어오는 문은 보지 못했으니, 잠긴 이 문 뒤의 공간은 앞뒤로 막혀 있는 셈이었다.

그는 다시 홀에서 나왔다. 마리가 있을 곳은 선장실뿐이었다. 갑판 위에는 아무도 없었다. 강 중위는 뱃고물을 향해 천천히 걸어갔다. 흩날리듯 내리는 비가 갑판을 차갑게 적셨다. 구름은 낮게 가라앉아 있었고 한층 거칠어진 파도

가 쉭쉭 소리를 냈다. 선미루 갑판에 오른 강 중위는 선장
실로 다가가 창문으로 안을 엿봤다. 블라인드 사이로 선장
과 마리의 모습이 보였다. 그들은 심각한 표정으로 대화를
나누고 있었다. 구석에 놓인 간이침대에는 호아가 잠들어
있었다. 강 중위는 창문을 두드렸다. 마리가 그를 보았고
창문을 열어 고개를 내밀었다.

"죄송합니다만, 얘기를 했으면 합니다."

마리는 눈을 깜빡였다. 짙고 어두운색을 가진 속눈썹이
그녀의 검은 눈동자를 쓸었다. 머리는 뒤로 말끔히 묶어
어제와는 다른 이미지를 풍겼다. 그녀는 선장을 흘깃 쳐다
보고는 문을 열고 선장실에서 나왔다.

"어젯밤에 있었던 일 말입니다."

마리가 검지를 들어 올렸다.

"홀에서."

마리가 앞장서 홀을 향했다. 홀에 들어간 그녀는 커피포
트를 불 위에 올렸다. 얼마 지나지 않아 포트 뚜껑이 삐이
이익 하고 소리를 냈다. 그녀는 두 손을 뒷머리로 가져가
머리를 풀었다. 그녀의 뒷모습을 보던 강 중위는 다시 머
리가 아팠다. 그녀는 양손에 커피잔을 들고 탁자로 다가왔
다. 강 중위와 마주 보는 자리에 앉아 하나를 내밀었다. 강

중위는 잔에 시선을 떨어뜨리고 크게 숨을 쉬었다. 솟아오르는 김이 콧속을 데웠다. 마리도 턱을 괴며 자기 잔을 들여다보았다.

"어젯밤 일은 실수인 것 같습니다."

"어젯밤이라면……. 글쎄요. 중위님 침실에 들어간 사람은 제가 아니었나요?"

"하지만 제가 제정신이었다면……."

"신경 쓸 것 없어요. 미안해할 일도 아니고요."

"실은, 제게 아내가 있습니다."

"그렇다면 사과해야 할 사람은 저군요."

"그런 말이 아닙니다. 다만 당신이 어제 무슨 생각으로 그랬는지 그게 궁금할 뿐입니다."

마리는 한동안 묵묵히 눈을 깜빡이더니 입을 열었다.

"이 배에서는 결혼이나 가족 따위는 의미 없죠. 중위님, 이 배는 이 년 동안 바다 위로만 떠다녔어요. 여자라고는 저밖에 없었죠."

강 중위는 고개를 들고 마리의 눈을 들여다봤다. 무슨 말이든 하고 싶었다. 그게 변명일지 아니면 동정일지 모른다. 그런데 어느 쪽이든 말을 꺼내면 어떤 감정이 담겨 나올지 두려웠다. 그는 자리에서 일어났고 마리를 등진 채

문을 거칠게 열었다.

그는 선실로 돌아와 문을 잠그고 침대 위에 몸을 던지다시피 날렸다. 앞으로 사흘……. 길 수도, 짧을 수도 있는 시간이었다. 이들을 설득해야 할 일을 생각하니 촉박했지만, 이런 곳에서 사흘 동안 머물 자신도 없었다. 순간 머릿속에 떠오른 사람은 윤 박사였다. 윤 박사라면 대화가 통할 것 같았다. 어쩌면 이곳에서 이성적 사고를 지닌 유일한 사람 아닐까.

5

범선으로 돌아온 남자들은 비에 젖어 있었다. 빗방울은 굵게 변했고 파도는 매서운 소리를 냈다. 장은 한 손으로 머리를 문질렀다. 그의 머리카락은 그렇게 비를 맞았는데도 꼿꼿이 서 있었다. 턱수염은 수염에 맺힌 빗방울을 하나씩 털어냈다.

윤 박사는 비틀거리면서도 손에 쥔 술병을 놓지 않았다. 금방이라도 넘어질 듯 힘겹게 걷는 그를 강 중위가 부축했다. 윤 박사는 주 돛대에 기대며 털썩 주저앉았다. 빗방울이 그의 안경에 튀었다. 얼굴은 병자처럼 까맣게 타서 마치 죽음의 그림자라도 두른 모습이었다. 그는 와이셔츠 단추를 차례로 풀었다.

"몸 상태가 좋지 않아 보입니다."

강 중위가 입을 열었다. 윤 박사는 귀찮다는 듯 강 중위가 내미는 손을 뿌리쳤다.

"간경화예요. 가끔 발작을 일으키기도 하지요."

윤 박사는 벌린 입으로 썩은 내를 풍겼다. 강 중위는 윤 박사 옆에 앉았다. 이런 사람 앞에서 무슨 말을 걸어야 할지 난감했다. 군모에 내리는 비가 모자챙 끝에 고였다가 방울져 떨어졌다.

"어떻게 된 겁니까?"

강 중위가 물었다. 윤 박사는 대답 대신 긴 한숨을 내쉬었다.

"십 년 넘게 술을 입에 달고 살았죠. 이젠 이것 없이는 숨도 쉬기 어려울 정도예요. 저 바다가 날 구원해 주리라 생각했죠. 하지만 바다는 대답하지 않았고 아무런 단서도 던져주지 않더군요. 이런, 제 얘기가 성가시려나? 이 술주정뱅이에게 시시한 하소연 말고 뭐가 있으려나요. 그래도 알고 싶다면……."

강 중위는 고개를 저으려다가 위아래로 끄덕였다. 바다를 바라보는 윤 박사의 눈에 심상찮은 기운이 서리기 시작했다.

윤 박사는 이 년 전에 선장을 만났다. 선장을 만나기 전 몇 년 동안, 그는 세상 전부를 잃은 자의 심정으로 살고 있었다. 아니, 세상은 그대로 있는데 자신은 사라져 유령으로 남은 기분이었다. 무엇이든 다시 시작하기 위해서라면 바다에서 출발하고 싶었다. 정신세계가 품은 궁극의 원형(原形)을 찾아야 했다. 생명의 원리가 바다에 있다면 정신세계의 원형 또한 바다를 닮았으리라는 생각이었다. 바다 표층의 활발한 움직임은 깨어 있는 의식에 비유할 수 있다. 그와 달리 바다 대부분을 차지하는 심해는 무의식과 흡사한 면이 있다. 어둡고 느리며 묵직한 곳. 하지만 한번 뒤엉키면 포악하고 사나운 이빨을 드러내는 곳. 그런 심해의 모습은 인간의 무의식을 상징하는 것이다. 프로이트가 비유한 '빙산의 일각'과도 맞아떨어진다.

윤 박사는 정신분석가였다. 정신분석은 한국에서 생소한 분야였다. 마음의 상처를 입은 사람은 대부분 정신과 의사를 찾았다. 그것은 어쩔 수 없는 현상이었다. 돈도 시간도 부족한 서민에게 수년간 큰돈이 드는 정신분석 프로그

램은 사치였다. 윤 박사를 찾아오는 사람은 대체로 상류층이었다. 이름난 배우나 성공한 자산가부터 권력의 첨단에 선 정치인이나 암흑계를 장악한 조직의 보스까지 센터를 두드렸다. 그는 곧 유명해졌고 심지어 한 성직자가 상담을 요청하기도 했다. 윤 박사는 최면과 정신분석요법을 활용해 그들의 트라우마를 집요하게 추적했다. 모두 약을 먹지 않고도 증세가 좋아졌다. 환자들은 대체로 만족해했다. 그들은 삶을 바라보는 시각을 넓혀 그릇된 가치관에 얽매인 강박에서 해방되었다. 윤 박사는 자신의 직업에 긍지를 가졌다. 예술이나 종교가 미치지 못할 완벽을 느꼈다.

그 모든 게 허물어져 버린 것은 한순간이었다. 치료를 마친 한 환자가 자살하고 말았다. 연이어 두 명의 환자가 스스로 목숨을 끊었다. 모두 윤 박사의 정신분석 프로그램을 지지하고 따른 환자였다. 이 사건에 휘말리기 싫었던 정신분석가 협회는 윤 박사를 파면시켰다. 윤 박사는 그 처분을 받아들였다. 더는 환자를 만날 자신도 없었다.

그는 끊임없이 어딘가로 떠나야 했다. 고향인 T시로 갔다. 근처에 널린 섬이란 섬은 죄다 밟았다. 며칠간 섬 구석구석을 걷다가 그 섬이 익숙해지면 다른 섬으로 건너가는 식이었다. 무엇을 잘못했는지 그로서는 알 길이 없었다.

실마리를 떠올리고 생각을 정리할수록 혼란만 늘어났다. 인간이 인간의 마음을 분석한다는 것 자체가 어쩌면 어리석은 일이었다. 쉼 없이 걷는 것, 그것은 그가 숨을 쉴 수 있는 유일한 방법이었다.

그렇게 이 섬 저 섬을 떠돌다 다시 T시로 돌아왔다. 찬 소주가 그리워 P를 불렀다. 세상에서 가장 큰 배의 선장이 되리라는 꿈을 가진 친구였다. 작은 어선으로 시작해 유람선, 그리고 여객선까지 차곡차곡 꿈을 실현할 계획을 그리고 있었다. 그는 해군에 입대했다. 하지만 그가 탄 군함이 사고로 바다 위에서 두 동강 났다. 탐탁잖은 수사 결과가 뒤따랐다. 그는 가까스로 구조되었으나 몸의 반이 마비되어 쓸 수 없게 되었다.

P는 황량한 윤 박사의 눈을 마주하며 놀랐다. 윤 박사는 그동안 쌓인 절망을 털어놓았다. 그러자 P는 조심스럽게 파두아라는 범선 이야기를 꺼냈다. 자신이 꿈꾸었던 배가 한국에 있다며 몸만 성했어도 당장 달려갈 거라고 말했다. 그 배가 전 세계 곳곳을 탐험하기 위해 인천항에서 선원을 모집하고 있다는 것이었다.

다음 날 윤 박사는 고민을 멈추고 인천으로 향했다. 파두아의 선장을 만날 생각이었다. 그는 카를 구스타프 융이 경험했던 통찰의 과정을 밟고 싶었다. 튀니지와 사하라, 아프리카에서 인도까지 이어졌던 융의 모험이 떠올랐다. 융은 직접 세계를 관찰하고 정신세계의 원형을 밝혀냈다. 윤 박사는 책 속에만 머물렀던 자신의 과거가 부끄럽기까지 했다.

"하지만 항해가 지속되면서 더욱 혼란스러울 뿐이었지요."

윤 박사는 눈을 감으며 말했다.

"왜입니까?"

"어젯밤에 마리가 당신 방으로 가지 않았나요?"

윤 박사는 강 중위를 보며 물었다. 강 중위는 얼굴이 달아올랐고 입을 열지 못했다.

"내게도 처음엔 큰 혼란이었죠. 아니 그것뿐만 아니라, 이곳 범선에서의 삶이란……. 아무튼 끝없이 이어진 바다를 바라보고 있으면 가끔 이런 생각이 듭다. 세상에 남겨진 자는 이 범선에 있는 사람들뿐이라고. 이 범선이 세상 그 자체이며 시작과 끝이라고. 태양은 칼날처럼 볕을 내려 뿜고, 갈증은 사라지는 법이 없었죠. 밤이 오면 몽롱한 기운만 남고 내 정신이 한 장씩 벗겨져 분열되는 느낌이에요. 이 배에 타는 순간부터 모든 비정상은 상식으로 변했고 문명적 사고는 속된 것에 지나지 않았죠."

6

　선실로 돌아온 강 중위는 젖은 옷을 벗고 침대에 걸터앉았다. 허리를 숙이고 두 손에 얼굴을 파묻었다. 처음부터 내키지 않았던 이번 임무가 점점 꼬여가는 기분이었다. 그는 임무의 핵심을 정리해 보았다.

　답답했다. 더군다나 강 중위는 이곳에서 술을 마시고 돌이키지 못할 실수를 저질렀다. 퍼즐 조각들이 더 잘게 잘려 나간 기분이었다. 왠지 앞으로 이들을 남이라는 존재로 바라보지 못할 것 같았다. 그들에 대해 파헤칠수록 그의 내면까지 함께 퍼 올려지리라는 예감이 그를 괴롭혔다. 그는 손으로 얼굴을 비비며 일어났다.

　갑판을 적시던 비는 멎었다. 낮고 엷은 구름 사이로 희미하게 모습을 드러낸 달이 뿌연 빛을 뿌리고 있었다. 선수루 갑판에서 만돌린 소리가 났다. 강 중위는 소리가 나는 쪽을 바라봤다. 턱수염의 음울한 눈빛이 어둠 속에서 흔들리고 있었다.

　"어이, 장, 로프 끝은 풀매듭이야. 팔(八)자로는 안 돼."

　주 돛대 아래에서 술병을 쥔 윤 박사가 소리쳤다. 강 중위는 윤 박사의 시선을 따라 돛대를 올려다보았다. 돛이

떨어져 나간 활대 사이로 장이 이리저리 옮겨 다녔다. 육
중한 그의 몸은 날렵하고 정교하게 움직였다. 활대에 돛을
다는 모습이 능란했다. 장은 윤 박사의 말을 알아들었는지
묶고 있던 매듭을 다시 풀었다. 장의 손길이 더욱 분주해
졌다. 윤 박사는 랜턴으로 장이 있는 곳을 비춰주었다. 장
은 돛대를 타고 내려와서는 돌돌 말린 돛을 어깨에 짊어지
고 다시 올라갔다. 돛 뭉치는 그의 키보다 세 배 이상 컸다.

강 중위는 그들의 모습을 의아하게 바라보았다. 그렇게
큰 돛을 다는 작업을 장 혼자서만 묵묵히 해내고 있었다.
턱수염은 자신과는 무관하다는 듯 아무 생각이 없어 보였
고 윤 박사는 술을 들이켜며 장을 향해 이래저래 핀잔만
늘어놓았다. 보다 못한 강 중위는 윤 박사에게 걸어갔다.

"한밤중에 저런 작업을 하는 것은 위험하지 않습니까?"

"선장님의 명령이에요."

"하지만 돛을 다는 이유가 뭡니까?"

윤 박사는 대답하지 않았다. 강 중위는 윤 박사의 얼굴
에 이는 보일 듯 말 듯 한 짜증을 읽어냈다.

"정 그렇다면 제가 좀 도와드리겠습니다."

"범선 선원으로 항해해 본 경험이 있나요?"

"없습니다."

"그렇다면 가만히 있는 게 좋겠군요. 제법 기술이 필요한 작업이라서요."

"그럼, 제가 랜턴을 맡겠습니다. 박사님은 쉬시고 턱수염에게 장을 도우라고 하면 되지 않겠습니까?"

"중위님, 당신도 그렇게 한가하지 않은 걸로 알고 있는데."

윤 박사의 말에 강 중위는 아차 싶었다. 윤 박사가 뭔가를 알고 있는 눈치였다. 강 중위는 뒤로 물러서다가 하갑판으로 뛰어 내려갔다. 서둘러 선실 문을 열었다. 이불을 들추어내고 베개 밑을 살폈다. 숨겨두었던 작전 명령서를 손에 쥐었다. 봉투에 달린 고리는 실에 그대로 감겨 있었다. 천천히 실을 돌려가며 풀었다. 마지막에 감은 실이 팽팽했다. 그는 한숨을 쉬었다. 그가 봉투를 봉할 땐 마지막에 감은 실을 느슨하게 해두었던 터였다. 누군가 손을 댄게 틀림없었다.

실패다. 완전한 임무 실패다.

실수였다. 자신의 패를 뻔히 보여주고 도박을 벌이는 것이나 마찬가지였다. 작전 명령서를 소홀히 한 게 잘못이었다. 마리는 그것을 노리고 자신의 방에 들어온 것일까? 선장실에서 심각한 표정으로 말을 나누던 선장과 마리의 모습이 떠올랐다. 아침 식사 시간에 흘렀던 무거운 분위기는 강 중위가 이곳에 온 목적을 알았기 때문일지 모른다. 그렇다면 윤 박사는 왜 자신의 과거 이야기를 해준 것일까? 이젠 누구도 믿기 힘들었다.

머릿속이 복잡했다. 협상의 카드를 쥘 수는 있겠지만 아직은 손에 넣지 못한 카드였다. 무엇을 먼저 해야 할지, 어떤 식으로 알아내야 할지 대책은 없었다. 그는 갑판으로 나와 홀을 향해 걸었다. 홀에 들어서서 아무도 없는 것을 확인한 뒤 촛불에 불을 붙였다. 초는 매캐한 연기를 뱉어냈다. 그는 초를 들고 조리대를 향했다.

벽에 걸린 여러 장식품은 주술을 부릴 때나 쓸 법한 괴기한 느낌을 띠었다. 여자의 커다란 유방 아래로 갓난아이가 머리를 내밀고 있는 조각상, 누워 있는 남자의 머리에 난 구멍으로 손을 집어넣은 샤먼의 부조(浮彫), 해골과 해골이 서로 얽혀 있는 인형, 독수리의 머리를 가진 남자가 부리로 태양을 물고 있는 동판화까지 모두 위압적인 기운을 풍겼다. 시선을 돌리던 강 중위는 날카로운 눈빛과 마주했다. 격벽에 걸린 초상화 속 얼굴이 그를 노려보고 있었다. 눈이 마치 살아 이글거리는 것 같았다.

이 배의 모든 기억을 지니고 있죠.

그는 윤 박사의 말을 떠올렸다. 알 수 없는 말이었다. 이

들이 감추려는 것은 무엇일까.

초상화를 곰곰이 살펴보던 그는 고개를 갸웃거렸다. 대개 액자는 안이나 위쪽에 못을 박아 걸게 되어 있는데, 이 초상화는 윗부분에 달린 경첩에 의지해 벽에 걸려 있었다. 그는 액자 아래를 한 손으로 쥐고 앞으로 잡아당겼다. 초상화와 벽 사이에 촛불을 비춰보았다. 액자 뒤로 작은 홈이 있었고 거기에 노트 한 권이 들어 있었다. 홈에 딱 맞는 크기였다. 주위를 살피며 노트를 꺼냈다. 파두아의 항해일지로 보였다. 그는 자신의 품에 노트를 집어넣었다.

초상화 아래에 있는 장식장에도 촛불을 비추며 살폈다. 장식장에 있는 트로피는 대부분 '톨 십 레이스(Tall Ships Races)'의 우승컵이었다. 톨 십 레이스라면 연례적인 행사로서 범선들의 항해 레이스로 알려진 대회였다. 우승컵 중에 가장 큰 컵이 강 중위의 눈에 들어왔다. 그는 장식장 문을 열고 트로피를 꺼냈다. 트로피 아랫부분에 이니셜 두 개가 새겨져 있었다. 그의 눈빛이 반짝였다. 그중 한 개가 낯익은 것이었다. 박 대령 이름의 이니셜과 같았다. 그는 이 수수께끼 같은 상황을 이해하기 어려웠다. 털썩 의자에 앉고는 선장의 노트를 펼쳤다.

항해 1일 차 (파두아, 깨어나다)

한 줌의 바람이 있어라.

그 미동이 세상의 시작일지니.

에너지의 근원이자 살아 있는 모든 존재의 출발일지니.

내 허파 깊은 곳에 눌린 검은 숨을 칼날로 도려내어 네게 바치노라.

그것을 불씨 삼아 그대는 거룩한 호흡을 하리라.

생명의 씨앗이자 먹이인 어머니 바다여, 여기 영광된 마음으로 희생양을 띄운다.

우리의 영혼을 재도 남기지 말고 지옥 불로 타오르게 하라.

휘몰아쳐라. 거세게 부딪혀라. 포효하는 기세로 태풍과 벼락을 내려라.

파두아의 심장은 고난을 동경한다. 피 벼락 같은 심판에 순응하리라.

거대한 바람으로 돛을 부풀려라. 그것은 갈기갈기 찢기리라. 그대의 손아귀로 돛대를 꺾어라. 철퇴 같은 파도로 난간을 부수어라. 아가리를 벌리고 검은 혀를 내밀어 갑판을 핥아라. 유리 날처럼 쏟아지는 햇볕을 반사해 눈을 멀게 하라.

땅이 갈라지는 굉음, 굶주린 짐승의 하울링, 악마의 웃음소리, 어둠의 밑바닥에 잠든 신의 음성을 퍼 올려라.

7

뜬눈으로 밤을 새운 강 중위는 연신 하품했다. 언제 선실로 돌아왔는지 기억나지 않았다. 재떨이에는 담배꽁초가 수두룩이 쌓여 있었다. 그는 탁자 위의 커피잔을 향해 손을 뻗었다. 잔은 비었고 바닥이 보였다. 커피잔과 항해일지를 들고 홀로 돌아갔다. 항해일지를 제자리에 놓은 다음 커피를 한 잔 더 탔다.

어젯밤 발견한 노트는 일지라기보다는 개인의 감상을 적은 듯한 글이었다. 정신병자의 넋두리처럼 난해했다. 필체는 모두 같았다. 한 사람이 쓴 일지였다. 물론 선장이리라. 엄청난 폭풍우 속에서도 그는 빠짐없이 글을 적었다. 사 년 전, 예순네 명을 싣고 일본에서 출항한 파두아는 여러 번 난파했다. 그 과정에서 선원 대부분이 목숨을 잃거나 실종되었고 일부는 도망치기도 했다. 일지는 이곳에 난파한 시점에서 멎었다. 그 뒤로는 페이지마다 한두 마디가 적혀 있을 뿐이었다. 강령의 끝, 초(超)믿음, 강화된 속화, 열성의 성화, 절대성의 다리, 암(暗)영혼 같은 맥락 없는 글이었다.

지난밤에 홀 안을 조사하면서 얻었던 소득은 두 가지였다. 박 대령이 이 범선에 탔다는 사실과 김 대위를 중심으로 무언가 예측하지 못한 일이 벌어졌다는 점이다. 강 중위는 식어버린 커피를 단숨에 비우고 자리에서 일어났다.

방으로 돌아가자, 스멀스멀 근육마다 피로가 솟았다. 그렇다고 잠이 오지는 않았다. 아직 어두웠고 모두 잠들어 있을 시간이었다. 김 대위가 보름간 이곳에 있었다, 하고 생각하는 순간 강 중위는 정신을 바짝 차렸다. 그는 초에 불을 붙였다. 범선에 선실은 많았지만 어쩌면 자신이 쓰고 있는 방에 김 대위가 머물렀을지도 모르는 일이었다. 실내를 샅샅이 뒤졌다. 침대 시트를 들추어내고 침대 밑까지 살펴보았다. 하지만 단서가 될 만한 것은 보이지 않았다.

다른 방을 조사할 필요가 있었다. 하지만 누가 어느 방을 쓰고 있는지 몰랐다. 날이 밝고 남자들이 배를 타고 나가면 기회가 생길 수도 있었다. 문제는 통로가 차단된 고물 쪽 선실이었다. 그곳에 뭔가 있는 게 틀림없었다. 선미루 갑판 쪽에서 들어가는 것은 불가능했다. 홀 구석에 잠겨 있는 문을 열고 들어가는 방법밖에 없었다.

강 중위는 다시 홀에 가보기로 했다. 손에는 만능 칼을 쥐고 있었다. 스크루드라이버와 송곳 따위 등이 달린 도구였다. 홀 문을 열고 잠긴 문에 다가가려는데. 검은 형체가 느껴졌다. 탁자 끝이었다. 강 중위는 멈춰 서서 침을 삼켰다.

"앉게."

탁자에서 소리가 났다. 선장의 목소리였다. 강 중위는 고개 돌려 검은 형체를 바라보았다. 그것의 두 눈이 껌뻑거렸다. 라이터가 반짝거리며 초를 향했다. 붉게 달아오른 선장의 얼굴이 드러났다.

"궁금한 게 많은가 보더군. 저녁에 보았던 것보다 반은 줄어들었으니 말이야."

선장은 초를 가리키며 강 중위를 뚫어져라 쳐다봤다. 강 중위는 손에 쥔 만능 칼을 주머니에 넣었다. 생각지 못한 날카로움에 당황했다. 말을 돌려야 했다.

"어젯밤에 장이 돛을 달고 있었습니다. 이해할 수 없는 상황이었습니다."

"범선에서 돛을 다는 게 이상한 일인가?"

"그럴 수 있는 상황이 아니라고 말씀드리겠습니다."

"어째서?"

"선원은 턱없이 부족하고 이 배는 동력 장치도 없습니다. 게다가 폭풍이 언제 들이닥칠지 모릅니다."

"그건 자네가 걱정할 일이 아니지. 그리고 이 배가 어떤 항해를 해왔는지 자네도 알지 않는가?"

선장은 손을 들어 자신의 등 뒤 초상화를 가리켰다. 강 중위는 뜨끔했다. 선장 또한 자신만이 아는 표시를 해두었을 것이다.

"자네 임무를 알고 있네. 미안하지만 그건 불가능하네. 그만 돌아가 주게."

"아직 선장님이 모르는 게 있습니다."

강 중위는 사무적으로 말했다. 선장이 고갯짓하며 말해 보라고 했다.

"이 작전을 명령한 사람이 누군지 아십니까?"

선장은 한 손으로 턱을 괴었다.

"짐작 가는 사람은 있네."

"짐작하는 것과 사실은 다를 수 있습니다."

"글쎄, 그 친구가 아니라면 이런 식의 작전을 펼칠 이유가 없지. 안됐지만 나는 그가 누군지 안다고 생각하네."

강 중위의 얼굴에 흙빛이 감돌았다. 자신이 쓸 카드마저 소용없는 상황이었다. 상대를 위협해야 했다. 이제는 누가 먼저 부러질지 겨뤄볼 시점이었다.

"상관없습니다. 저는 헌병대에 신고하겠습니다. 김 대위 실종 사건과 관련해서 조사받아야 할 겁니다."

선장이 손가락으로 관자놀이를 두드렸다. 어색한 침묵이 흘렀다.

"좋네. 뭘 원하는가? 말했듯이 자네 임무에는 협조할 수 없네."

"박 대령님과 어떤 관계입니까?"

8

남은 초가 다 타들어 갔다. 날이 희끄무레하게 밝아왔다. 선장은 자리를 뜨고 자취를 감췄다. 강 중위는 우두커니 앉아 홀을 지키고 있었다. 선장이 긴 이야기를 해주었지만, 건질 만한 게 없었다.

선장이 박 대령을 만난 건 오 년 전이었다. 당시 선장은 칼리닌그라드에 있었다. 그는 항해 중이던 범선에서 태어나 평생 아버지를 따라다닌 몸이었다. 그의 아버지는 세계 일주를 수차례나 완수한 이름난 탐험가였다. 그렇게 선장은 태어나서부터 탐험가로 길러졌다. 칼리닌그라드에서 교관 생활을 하며 자금을 모으던 선장은 파두아를 맡고 있었다. 박 대령이 선장을 찾아왔다. 박 대령은 선장에게 범선 항해술을 배우고 싶어 했다. 한국 해군도 범선을 다루는 항해 훈련이 필요하다는 생각을 밝혔다.

박 대령은 일본의 니폰마루호(號)를 능가하는 범선을 건조할 계획이라고 했다. 니폰마루는 톨 십 레이스에서 가장 인기 많은 범선이었다. 박 대령은 야심을 감추지 않았다. 항해술 훈련을 수료하자 그는 파두아를 직접 운항해 보겠다고 했다. 러시아 당국은 보험에 들어줄 것을 조건으로 허락했다. 박 대령은 파두아의 타륜을 잡았고 약 80킬로미터를 항해했다. 항해는 만족스러웠다.

그해 이탈리아에서 톨 십 레이스가 열렸다. 선장과 박 대령은 파두아를 이끌고 참가했다. 선장은 과감하고 철두철미했다. 범선을 다루는 솜씨가 얼마나 노련한지 단 한 줌의 바람도 놓치지 않고 돛에 담았다. 우승은 파두아의 차지였다. 박 대령은 감격했다. 최고의 범선과 최고의 항해술로 차지한 우승이었다. 그는 파두아를 손에 넣고 싶었다.

고국으로 돌아온 그는 군 당국에 요청했다. 러시아의 경제 사정이 좋지 않았기에 값만 넉넉히 쳐주면 어렵지 않게 파두아를 얻을 것 같았다. 그런데 뜻하지 않게 일본이 선수를 쳤다. 일본의 한 민간업체에서 어마어마한 값을 부른 것이다. 박 대령은 발끈했다.

박 대령이 선장을 다시 본 것은 그로부터 일 년 뒤 스페인에서 열렸던 톨 십 레이스에서였다. 파두아도 역시 참가했는데 배의 선장은 바뀌지 않았다. 박 대령은 한국이 건조한 범선의 선장이 되어 도전장을 내밀었다. 결과는 같았다. 이번에도 파두아가 우승 트로피를 들어 올렸다. 박 대령이 이끈 발해호(號)는 순위에도 들지 못했다.

여기까지가 선장이 해준 박 대령과의 인연에 관한 이야기였다. 그것으로는 강 중위가 박 대령에게 받은 특수 임무를 설명할 순 없었다. 그러나 이어서 마리의 정체를 알리는 선장의 말이 강 중위의 뒤통수를 울렸다.

마리는 박 대령의 딸일세.

강 중위는 박 대령이 내린 작전 명령서의 특수항목을 떠올렸다. 여의찮으면 여자만이라도 강제 구인할 것.

이제 어떻게 할 것인가…….

강 중위는 자리에서 일어났다. 홀에서 나와 선실까지 터벅터벅 걸었다. 미로 같은 복도를 지나며 다리에 힘이 빠졌다. 독한 각성제를 먹고 며칠간 잠을 자지 못한 기분이었다. 선실로 들어가 배낭을 침대 위에 올려놓았다. 역시 무전을 치는 수밖에 없었다. 배낭을 뒤지던 강 중위는 등에 날카로운 금속이 박힌 사람처럼 몸이 굳어졌다. 배낭 속에 있어야 할 송수신기가 보이지 않았다.

III.

부러진 노

———— 살아 있는 몸은 고정된 물체가 아니다. 그것은 하나의 흐르는 사건이다. 따라서 생명체는 관계에서 벗어날 수 없다. 홀로 존재하는 생명은 의미가 없다. 사건이라는 게 발생하지 않기 때문이다. 생명은 공생의 의무에서 벗어날 수 없다.

- 김 대위의 노트 '검은 바다' 中

1

갑판 위로 매섭고 축축한 바람이 불었다. 동이 틀 시간이었고 사방은 어둑어둑했다. 돛대에 달린 돛이 부르르 떨고 있었다. 그 소리가 마치 다시 항해하고 싶다는, 바다 한가운데로 보내달라는 아우성처럼 들렸다. 강 중위는 귀를 문지르며 선장실로 향했다.

"그래, 또 무슨 일인가?"

문을 열고 들어온 강 중위에게 선장은 피곤하다는 표정을 지었다.

"누군가가 제 무전송수신기를 가져갔습니다."

"그럴 리가 있나. 그런데 그게 자네한테 중요한 물건인가?"

"선장님한테는 껄끄러운 것이겠죠."

"일리가 있군. 아마도 장의 짓일 테지. 저녁때까진 돌려주도록 조치하겠네."

선장은 자신이 읽던 책에 도로 시선을 묻었다. 강 중위는 기분이 나빴다. 선장은 떼쓰는 어린아이 달래듯 강 중위를 대한 것이다.

"이제 이 배는 어디로 갑니까?"

강 중위의 뜬금없는 질문에 선장은 고개를 들고 책을 덮었다. 강 중위를 바라보는 그의 눈동자가 좌우로 떨렸다.

"어디로든, 어디로든 갈 수 있기도 하고 그렇지 않기도 하네."

"무슨 뜻입니까?"

"이곳에 남아 있는 사람들은 사회라고 일컫는 곳에서 버려진 자들일세. 돌아갈 곳이 없다는 말일세."

"설마, 끝까지 가보기라도 하겠다는 겁니까?"

강 중위가 내뱉은 말에 선장의 눈빛이 반짝거렸다. 선장은 입술을 일그러뜨리며 말했다.

"그것보다 더한 곳으로도 갈 수 있지."

"말도 안 됩니다."

"자네가 이 배에 대해 무얼 안단 말인가. 이 배는 이 년 전부터 그런 운명이었네."

"그렇다면 그 운명이 무엇인지 알아야겠습니다."

"내가 그래야 할 이유가 있는가?"

"임무를 마치고 돌아가서도 제가 입을 다물기를 원하신다면 제가 알 수 있도록 설득하시는 방법밖에 없을 겁니다."

"모두? 흠. 진실이란 파고들수록 번뇌를 남기는 법이네."

선장은 마뜩잖은 표정을 짓다가 미소를 흘렸다. 그 미소는 강 중위에게 과연 그 모든 사실을 감당할 수 있겠냐는 물음처럼 다가왔다. 강 중위는 눈에 힘을 주었다.

"장과 턱수염의 정체를 알아야겠습니다. 그러지 않으면 선장님의 일지에 적힌 불순한 내용을 그들에게 알리겠습니다."

선장은 피식 코웃음 쳤다. 역시 이 방법은 통하지 않는 걸까. 그는 한동안 강 중위의 눈을 노려보았다. 강 중위는 피하지 않고 맞받았다. 둘의 눈싸움은 오 분 넘게 이어졌다. 실내에 쌓인 공기는 냉랭해지고 끈적한 어둠이 그들을 감쌌다. 선장은 갑자기 빙그레 웃었다.

"좋아. 애송이. 얘기해 주지. 자네에겐 소설처럼 들리겠지만 내게, 그리고 이 파두아에겐 매일 겪는 일상에 불과하지. 이제 레테의 강을 거꾸로 건너는 거야. 그곳의 실체를 알게 되더라도 후회하지 말게. 장에 관한 얘기부터 해야겠군. 스타호(號)라는 원양 어선 선장을 만난 적이 있었네. 그리고 남중국해에서 해적질이나 일삼던 한 한국인을 만난 적도 있었지. 그들의 말을 통해 장에 대한 과거를 알게 되었네.”

선장은 시가를 꺼내 들고 불을 붙였다. 머릿속 깊은 곳에서 기억을 퍼 올리려는 듯 내쉬는 연기가 길게 이어졌다. 연기가 강 중위의 콧속을 파고들자, 몽롱한 기운이 몸을 쓸었다.

2

스타호는 신화적인 원양 어선이었다. 출항했다 하면 단기간에 다랑어와 값비싼 게를 쓸어 담아 쏠쏠한 재미를 봤다. 조업 체계도 잘 이루어졌기에 항상 큰 사고 없이 귀항했다.

빗방울이 흩날렸으나 구름에 가린 태양이 곧 모습을 나타낼 것 같은 날이었다. 스타호는 만선이라는 꿈에 젖은 선원 서른일곱을 싣고 출항했다. 그때가 열세 번째 출항이었다.

첫 번째 목표를 향해 순조로운 항해가 이어졌다. 선원들은 저마다 막걸리를 한 잔씩 걸치며 기대에 찬 모습으로 바다를 바라보았다. 그러나 스타호 선장은 마음이 편치 않았다. 출항 전에 꾸었던 꿈이 마음에 걸렸다. 그런 꿈은 평생 처음이었다. 시커먼 하늘이 으르렁 소리를 내며 수많은 물고기를 토해냈다. 모두 파란빛을 띠고 있었다. 물고기는 바다에 닿을 때마다 점점 자라나며 빨갛게 변했다. 얼굴은 아귀처럼 흉측하게 일그러졌다. 그러다가 갑자기 움직임을 멈추고 한 마리씩 허연 배를 드러냈다.

선원들의 취기가 가라앉을 즈음에야 스타호가 목표 지점에 도착했다. 스타호 선장은 어군 탐지기로 고기 떼를 포착했다. 선장의 신호에 따라 선원들이 분주히 움직이기 시작했다.

마침내 그들이 그물을 끌어 올렸을 때였다. 그들은 눈을 의심하지 않을 수 없었다. 그물에 걸려 올라온 물고기는 예상했던 것의 절반에도 미치지 못했다. 게다가 잡힌 것은 값어치가 떨어지는 열대 기름치 따위일 뿐이었다. 식용이 허가되지 않아 팔아치우기도 어려운 종이었다. 암시장을 통해 싼값에 처분하는 게 관례였다. 그물을 정리하며 발견한 것은 한가운데에 뚫려 있는 커다란 구멍이었다.

"무슨 소리야, 그물에 구멍이 났다니, 출항 전에 확인하지 않았나?"

선장이 화를 내며 부선장을 다그쳤다. 부선장은 변명하지 못했다. 물론 꼼꼼히 살폈다. 배가 뜨기 전에는 문제가 없었다.

밤이 되자, 선원들은 선장 몰래 소주를 한 잔씩 걸쳤다. 그러는 사이에 갑판의 라이트가 모두 켜지며 밤바다를 밝혔다. 선원들은 게잡이 통발을 나르기 시작했다. 선장은 마이크로 지시를 내렸다. 선원들은 통발을 차례로 바다에 던졌다. 철퍼덕거리는 소리가 이어졌다. 그런데 그 소리 가운데는 사람의 비명도 섞여 있었다.

"제기랄, 박 씨가 딸려 갔어. 육 번 통발이야."

누군가 소리쳤다. 선원들은 우왕좌왕할 뿐 어찌해야 할지 몰랐다.

"무슨 일이야?"

선장이 마이크에 대고 물었다. 소리를 질렀던 선원이 조타실로 달려갔다.

"박 씨가, 통발에 묶은 밧줄에 발목이 감겨서……."

선장은 급히 엔진을 껐다. 달리는 배에서 통발을 감아올리면 다른 통발과 부딪힐 위험이 있었다. 엔진 소리가 멎었다. 선원들은 육 번 통발을 끌어 올렸다. 밧줄에 감긴 박 씨의 발목이 수면 위로 보이기 시작했다. 밧줄은 터질 듯이 박 씨의 발목을 조르고 있었다. 갑판 위로 건져 올린 박 씨는 축 늘어져 움직이지 않았다. 부선장이 그의 입에 공기를 불어 넣고 심장을 마사지했다. 박 씨는 눈을 뜨지 않았다. 이미 숨이 멎은 것이다.

선장은 조업을 중단시켰다. 선원들에겐 강주(强酒)를 풀었다. 스타호에서 그런 사고가 발생한 건 처음이었다. 선원들은 강주로 마음을 달래보려 했다. 하지만 취기가 오르도록 퍼마셔도 불길한 생각을 떨치지 못했다.

선원들이 만취해 겨우 잠이 들었을 때였다. 갑판에서 보초를 서던 선원이 기묘한 신음을 들었다. 그 소리는 점점 엷어지더니 멈추었고, 살쾡이 울음 같은 소리로 이어졌다. 선원은 작살을 들고 소리가 나는 쪽으로 다가갔다. 고물 쪽 연료 해치에서 나는 소리였다. 작살을 잡은 손에 힘을 주고 해치 뚜껑을 열었다. 라이터를 비춰 해치 안을 살피던 그의 눈이 점점 커졌다. 그는 뒷걸음을 치다 넘어지고 말았다. 공포에 질린 얼굴로 비명을 지르더니 작살을 팽개

치고 선장실로 달려갔다.

　강주를 홀짝이던 선장은 선원을 따라 갑판으로 나갔다. 선원이 가리키는 해치에 이르러 그 안을 들여다보고는 한숨을 내쉬었다. 그곳에서 갓난아이가 울고 있었다. 채 마르지 않은 탯줄이 달빛에 번뜩였다. 아이를 안은 산모는 움직임이 없었다. 선장은 작살로 산모의 머리를 툭툭 건드려 보았다. 산모의 고개가 아이 위로 힘없이 떨어졌다.

　이튿날, 해가 밝자마자 선장은 전 선원을 소집했다.

　"산모는 뱃사람이 아닌 관계로 우리식 장례를 치르지 않기로 한다. 시체를 강주 통에 넣어 보관하도록. 그런데 저 아이를 어떻게 해야 한단 말이냐. 부선장, 우선 자네가 아이를 맡아주게나. 미음을 끓여 먹여볼 수밖에 없을 테야. 세상에…… 어떻게 이런 일이 일어난단 말이냐. 오늘 하루는 전 선원이 배 안을 샅샅이 뒤지도록 해라. 내일부터 우리는 아무 일 없었단 듯이 일해야 하는 거다. 알겠나?"

　선원들은 하루 동안 조업을 멈추고 모든 장비와 어선의 상태를 점검했다.

　불길해. 불길하다고. 틀림없이 밀항선으로 잘못 알고 탔겠지. 이번 항해에는 산모의 저주가 따라다닐 거라고.

　선원들은 쉬쉬했지만, 흉흉한 소문이 끊이지 않았다. 아이의 모습이 심상찮았기에 소문은 더 부풀려져 은밀하게 돌았다. 아이는 좀처럼 울지 않았다. 갓난아이치고는 몸집이 컸고 미음을 한 사발씩 먹었다.

일주일이 지났다. 선장은 평소 손을 잘 대지 않았던 엽궐련을 피우기 시작했다. 좀처럼 어군을 탐지하지 못했고 돈이 되는 큰 다랑어는 드물었다. 이대로라면 스타호는 적자로 항해를 마쳐야 할 터였다. 선원들도 의욕을 잃고 술에 절기 시작했다.

이게 다 그 산모와 아이 때문이야. 산모가 죽었다고 해도 송장은 배에 남아 있잖아? 그렇다면 배에 여자가 탄 거나 다름없다고. 배에 여자라니, 부정 타게 시리. 산모 시체를 버려야 해.

아이는 어떻게 하고? 애초에 그년이 이 배를 탄 게 잘못이었어. 둘 다 버리는 게 맞아. 버려야 해. 버려야 우리가 산다.

선원들이 동요하자 선장은 마음이 편치 않았다. 아무리 절대적인 권한을 가진 선장일지라도 선원들의 입장을 방관할 수만은 없었다. 깊은 고민 끝에 선장은 선원들 의견을 따르기로 했다. 그는 산모의 시신과 아이를 구명정에 옮기라고 명령했다. 시신이 담긴 강주 통이 구명정에 실렸다. 부선장이 손을 부들부들 떨며 그 옆에 아이를 뉘었다. 그는 셔츠를 벗어 아이를 싼 뒤 그 위에 장(長) 자(字)를 한 문으로 적었다. 어찌 됐든 부디 오래 살기를 기원하는 의미였다.

구름을 뚫고 나온 햇빛 속에서 구명정이 사라져 갔다. 그러자 기다렸다는 듯이 다랑어 떼가 스타호를 향해 몰려들었다. 서로 앞다퉈 치고 나가며 기승을 부렸다. 선장은 그 모습을 지켜보며 얼굴 가득 웃음을 띠었다.

"저놈들은 저렇게 여행해야 하는 운명이지. 평생 100만 킬로미터 이상을 헤엄친단 말이야. 하루에 해치우는 먹이만 해도 엄청나지. 그게 저놈들이 가진 맛의 비결이야. 뭣들 하나. 저놈들마저 놓치면 우린 깡통 차고 돌아가야 할 게야."

그날 밤, 스타호에서 버려진 구명정은 남중국해를 따라 흘러가고 있었다. 왕 씨는 망원경으로 구명정을 관찰했다. 그는 남중국해를 떠돌며 경비가 미약한 섬이나 어선을 대상으로 노략질을 일삼던 해적이었다. 원양 어선의 선원이었던 그는 난파한 어선에서 겨우 살아남아 해적단을 키워 왔다. 그는 구명정에 다가가 강주 통을 열고 산모를 끄집어냈다. 시신을 바다에 버리고 강주를 손에 떠 맛을 보았다. 아이를 바라보다가 바다에 내던지려는 순간, 루나이가 막아섰다. 노예처럼 잡일을 하고 있던 계집이었다. 그녀는 자신이 아이를 키우겠다고 했다.

3

"인도양과 태평양을 구분 짓는 적도의 수많은 섬으로 이루어진 나라. 현대문명과 원시 문화가 공존하는 곳. 수많은 종교와 샤머니즘이 엮여 있는 이 나라는 활화산만 해도 일흔 개가 넘지. 살아 있는 지구의 숨결을 고스란히 느낄 수 있는 곳일세. 그 많은 섬 중 동북쪽에 자리 잡고 있으며 외부인은 알지 못하는 섬이 하나 있지. 그 나라 정부도 무인도로 알고 있는 그 섬이 바로 턱수염이 태어난 곳, 카오섬이네."

선장은 엄지와 검지를 미간에 대고 꾹꾹 눌렀다. 충혈된 눈은 턱수염 이야기를 꺼내면서부터 희미한 빛을 내기 시작했다.

카오섬의 초대 촌장은 열다섯이 되던 해에 그 섬을 찾아왔다고 전해진다. 당시 섬에는 단지 아홉 명의 처녀가 거주하고 있었다. 촌장과 처녀들 사이에 서른두 명의 아이가 태어났고, 대를 거듭하면서 가구가 늘고 마을을 이루었다.

카오섬 사람은 아무도 섬과 바다를 벗어난 세계를 떠올리지 못했다. 태어나면 남자는 어부로, 여자는 밭을 갈며 살았고 죽을 때까지 그 일에서 벗어나지 않았다. 문명이 싹틀 조짐 따위는 보이지 않았다. 촌장이 죽으면 지명된 차기 촌장이 또다시 반복하며 그들의 삶을 이끌었다.

지나다니는 선박은 없었다. 간혹 난파된 사람들이 그 섬을 구경할 기회를 얻었지만 오래 머물 수는 없었다. 거주자들이 섬에서 나가는 일도 철저한 금기였다.

어느 해였다. 차기 촌장의 후계자로 지목된 아이가 태어날 때부터 허약했다. 정확히 말하자면 허약해 보일 뿐이었다. 체구가 작고 가냘팠으나 건강에는 이상이 없었다. 우습게도 그는 열세 살이 되던 해부터 수염이 자라기 시작했다. 특히 턱수염이 풍성했다. 사람들은 그에게 턱수염이라는 별명을 붙여줬다.

턱수염은 몸을 쓰는 일에 미숙했고 나아질 기미도 보이지 않았다. 왜소한 체구도 문제였지만 무엇보다 게을렀다. 그 섬에서 그런 남자는 대접받기 어려웠다. 촌장의 후계자일지라도 마찬가지였다.

턱수염은 소리와 리듬에 예민한 감각이 있었다. 파도가 철썩이는 소리, 바람에 이는 풀잎 소리, 바다 위에 빗방울이 튀는 소리, 수를 세기 어려울 정도로 다양한 벌레들의 울음. 그 모든 소리가 하나의 질서를 이뤄 조화롭게 울렸기에 그때마다 귀 기울이며 빠져들었다. 같은 소리라도 세기와 길이가 다르다는 걸 깨달았다. 그는 소리가 가진 개성을 구분하여 기억에 새겼다. 그것을 머릿속에서 부분마다 가져와 여러 가지로 합쳐보았다. 그렇게 조합한 소리는 독특한 리듬을 가졌고 그는 그것이 그려내는 그림을 마음속에 옮겼다. 다른 사람은 상상조차 할 수 없는 일이었다. 그 섬에는 어떤 문자도 기호도 그림도 존재하지 않았다.

머릿속은 더 많은 소리로 채워져 갔다. 거의 정수리까지 차올라 넘쳐흐를 듯했다. 그것을 그림으로 옮겨보아도 만족할 수 없었다. 그냥 두었다가는 머리가 터져나갈 것 같았다. 다른 식으로 표현해야 했다. 관심을 둔 게 있었다. 샤먼이 제의 때 사용하는 북이나 피리 따위의 악기였다. 그런 악기라면 그림들을 살아 움직이게 할 것 같았다. 하지만 샤먼의 악기에 손을 대는 것은 죄악이었다.

날이 갈수록 그림은 늘어났고 아우성쳤다. 이를 드러내

는 형상으로 변해 울부짖기도 했다. 더 담아둘 곳이 없었고 그럴 수도 없었다. 머리가 깨질 듯이 아팠고 밤에도 잠들지 못했다. 가슴은 쓰라린 통증에 닳아 움츠러들었다.

보름달이 뜬 밤이었다. 그는 몽유병 환자처럼 걸어 샤먼의 집으로 향했다. 꿈을 꾸는 듯한 걸음이 이어졌다. 자신이 무얼 하고 있는지 몰랐다. 샤먼은 눈을 뜬 채 잠들어 있었다. 턱수염의 가슴이 고동쳤다. 마음을 추스르고 샤먼의 눈 위로 손을 저어보았다. 눈을 뜨고 있었지만, 눈동자에 미세한 움직임도 일지 않았다. 코를 고는 샤먼의 머리맡에 피리가 놓여 있었다. 손톱 마디만 한 구멍으로 달빛을 무한히 흡수하며 은은한 빛에 감싸인 채 허공에 솟아 있는 것 같았다. 턱수염의 손이 달빛을 가르며 피리를 향해 뻗었다.

산꼭대기로 올라간 턱수염은 밤새 피리를 불었다. 누구에게도 배운 적이 없는 피리를 능수능란하게 연주했다. 머릿속에 쌓아두었던 그림은 피리를 타고 빠져나갔다. 한 번도 들어본 적 없는 아름다운 선율이었다. 마침내 머릿속이 비워지는 기분을 느꼈다. 그는 손을 내리고 피리를 놓았다. 두 눈에서 눈물이 흘렀다. 보이는 것은 무엇이든 그의 눈앞에서 허물어졌다. 풍경이 아른거리는 전방에서 횃불을 든 촌장과 남자 서넛이 다가오고 있었다.

그는 사흘 동안 창고에 갇혔다. 아무것도 먹지 못했다. 그곳에서 결심했다. 언젠가 카오섬을 떠나리라고.

막막했다. 섬 바깥에 있는 세상을 상상할 수 없었다. 배를 타고 얼마나 가야 사람이 사는 곳이 나올지, 누군가를 만나더라도 어떤 모습을 하고 있을지 몰랐다. 촌장은 사람 모습을 한 괴물이 있을 뿐이라고 했다. 그는 그 말을 믿지 않았다. 그리고 더는 결심을 미룰 수도 없었다. 머릿속에 다시 그림이 쌓이기 시작했고 그것은 피리로는 표현할 수 없는 것이었다.

열다섯이 되던 해 어느 날 밤, 그는 몰래 부두로 다가가 보트에 올랐다. 북동쪽으로 가면 커다란 나라가 있다는 소문을 믿어보기로 했다. 있는 힘을 다해 이틀이 넘게 노를 저었다. 가져온 먹을거리가 바닥나고 힘도 떨어져 갔지만 뭍은 보이지 않았다. 그는 남은 물을 전부 입에 털어 붓고 쓰러졌다.

처음 들어보는 소리가 그를 깨웠다. 물이 끓는 소리 같기도 했는데 그것보다는 날카로웠다. 커다란 배가 그를 향해 다가오고 있었다. 노를 젓는 것도 아니고 돛이 달리지도 않았는데 배가 움직이고 있었다. 그것은 툭툭 끊어지는 소리를 힘겹게 토해내다가 그쳤다. 배가 일으키는 물결이 동심원을 그리며 퍼져 나왔다. 속도를 늦춘 선체가 그것을 가르며 서서히 다가왔다. 얼굴색이 누런 남자들이 턱수염의 보트에 갈고리를 던져 걸었다. 그들은 턱수염에게 다가와 칼을 들이대며 밧줄로 묶었다.

턱수염은 작은 섬으로 끌려갔다. 남자들의 우두머리는 십칠 년 전 스타호가 버렸던 아이, 장이었다. 그동안 그는 근육을 키웠고 다부진 체격으로 성장했다. 열다섯 살이 되던 해에는 웬만한 성인 남자보다 두세 배 넘는 힘을 가졌다.

루나이는 장을 친자식처럼 키웠다. 장은 유난히 많이 먹는 아이였다. 루나이는 항상 조금만 먹고 음식을 아껴 장에게 덜어주었고 그럴수록 자신은 몸이 말라갔다. 그러나 장이 어느 정도 자란 뒤에는 먹을거리 걱정이 필요 없었다. 장은 배가 고플 때면 언제든 바다에 뛰어들어 맨손으로 물고기나 게, 조개 따위를 잡았다. 그렇게 잡은 것을 날것으로 먹어치웠다.

장이 열일곱이 되었을 때, 그는 왕 씨가 루나이를 노리개 취급한다는 사실을 알았다. 장은 오래 고민하지 않았다. 술에 취한 왕 씨에게 다가가 한 손으로 그의 목을 잡고 힘을 주었다. 몇 초도 지나지 않아 왕 씨의 숨이 끊겼다. 그 뒤로 해적들은 장을 따랐다.

장이 턱수염을 끌고 간 곳은 갯바위가 둘러싼 작은 섬이었다. 어깨를 눌러 내릴 듯 묵직한 햇볕이 내리쬐었고 거칠게 몰려온 파도가 쉼 없이 갯바위를 삼켰다. 그곳에서는 파도 소리와 바람 소리만 들릴 뿐이었다. 새 한 마리도 보이지 않았다. 살아 있는 거라곤 섬 꼭대기에 서 있는 나무 몇 그루가 전부일 듯했다.

섬 가운데에 이르자 매끄러운 바위들 틈으로 동굴 입구가 나왔다. 턱수염은 장을 따라 동굴 속으로 들어갔다. 막다른 곳에 이르자 천장에 난 틈에서 뻗어 내린 가는 빛줄기가 보였다. 그것은 주위를 푸르스름하게 밝히며 누워 있는 한 여자의 얼굴을 비추었다. 여자의 얼굴은 창백했고 식은땀에 젖어 있었다. 그녀가 바로 루나이였다. 눈을 뜨고 있었지만, 눈동자는 허공을 응시한 채 움직이지 않았다. 눈이 먼 모양이었다. 장이 손짓과 발짓을 해가며 턱수염에게 무언가를 명령했다. 턱수염은 그가 무얼 원하는지 알 수 있었다. 여자의 시중을 들라는 것 같았다.

턱수염은 루나이를 먹이고 똥오줌을 받아내며 그곳에서 지내야 했다. 루나이가 유난히 많은 눈물을 흘리던 날이었다. 그녀는 무슨 말을 중얼거렸다. 턱수염은 깜짝 놀랐다.

그녀가 카오섬 말을 한 것이다. 그는 그녀를 흔들며 정신이 들게끔 뺨을 톡톡 두드렸다. 깨어난 루나이는 턱수염을 향해 고개를 돌리며 물었다.

"혹시 카오섬에서 왔나요?"

"카오섬을 아시나요?"

"맙소사. 당신 이름이, 이름이 어떻게 되지요?"

"리히투라고 합니다."

"리히투?"

루나이의 두 눈이 커졌다.

"리히투, 오오. 리히투, 너를 다시 만나다니 꿈만 같구나."

루나이가 턱수염을 향해 두 손을 벌렸다. 팔을 부들거리며 턱수염의 얼굴에 손을 갖다 대었다. 이어 그녀가 온몸을 떨었다. 턱수염은 장을 불렀다.

루나이는 장에게 앞으로 턱수염을 형처럼 여기며 지내라고 했다. 아무것도 묻지 말고 꼭 지켜달라고 했다. 장은 루나이에게 시중들 사람을 따로 붙였다. 턱수염은 루나이와 온종일 이야기했다. 그는 카오섬 사람들과 풍경을 세세히 말해주었다. 루나이는 눈물을 흘리다가 통곡하기도 했다. 그녀는 자신이 겪었던 끔찍한 일을 턱수염에게 털어놓았다.

큰 재난이 닥칠 때마다 카오섬에서는 처녀들을 제물로 바치는 풍습이 있었다. 루나이가 열다섯이던 해에 여태껏 본 적 없는 태풍이 섬을 휩쓸었다. 그녀는 또래의 처녀들과 함께 바다에 바칠 제물로 지목되었다. 그녀들은 나룻배에 실려 바다 멀리 보내졌다. 배는 얼마 가지 않아 뒤집혔고 루나이는 의식을 잃은 채 바다 위를 떠돌아다녔다. 그렇게 표류한 루나이를 왕 씨가 건져냈다. 루나이는 카오섬을 그리워했지만, 돌아온 처녀는 수장되는 게 그 섬의 법이었다.

"리히투, 난 너를 알고 있어. 네가 어렸을 때 너를 안아 본 적이 있지. 카오섬 사람을 단 한 번이라도 만나길 바랐는데……."

루나이는 그 말을 끝으로 눈을 감았다. 그 뒤로는 눈을 뜨지 않았다.

4

"루나이가 죽은 지 삼 년이 흘렀을 때였네. 루나이의 뜻에 따라 장과 턱수염은 친형제처럼 지낸 모양이더군. 그간

중국 정부가 대규모 해적 소탕 작전을 펼치는 바람에 장은 부하를 많이 잃고 말았네. 해적질이 마땅찮게 되자 남은 부하들은 배를 훔쳐 도망쳤지. 은신처인 무인도에는 장과 턱수염만 남고 만 걸세."

장과 턱수염은 해산물로 끼니를 때웠지만 굶는 날이 더 많았다. 턱수염은 샤먼의 집에 널려 있던 보석을 생각해 냈다. 장이 해적질로 앗아온 것과 비슷했다. 턱수염은 그 것이 외지에서는 꽤 값지다는 걸 알아차렸다. 그는 장에게 샤먼의 보물에 대해 말했다.

그날부로 장은 섬에 남아 있는 모든 나무를 베었다. 그 는 지치는 기색도 없이 섬 꼭대기에서 나무를 옮겨 왔다. 힘이 놀라웠다. 서너 명이 달라붙어야 할 일을 혼자서 해 냈다. 남아 있던 거적 따위로 나무를 엮자, 돛을 단 뗏목이 완성됐다.

뗏목은 사흘을 달려 카오섬에 이르렀다. 턱수염은 장이 건넨 노를 받아쥐었다. 섬 주변을 살피며 사람이 살지 않 는 북쪽 암벽 해안에 뗏목을 댔다. 어스름이 지고 있었다. 그들은 어둠이 섬을 삼킬 때까지 기다렸다. 늦은 밤, 모두 잠들었을 시각이 되자 암벽을 탔다. 정상에 올라 주위를 둘러보던 턱수염이 발을 멈췄다. 한 번도 본 적 없는, 상상도 하지 못할 커다란 배가 부둣가를 차지하고 있었다. 그들은 한층 경계를 기울이며 샤먼의 집으로 갔다. 그곳을 터는 건 쉬운 일이었다. 샤먼은 밤에 잠들면 다음 날 아침까지 천둥이 쳐도 깨지 않는 사람이었다.

샤먼의 집에 들어갔을 때였다. 턱수염이 몸을 굳혔다. 잠든 샤먼 옆에 한 남자가 앉아 있었다. 장처럼 누런 피부색을 가진 그 남자는 턱수염과 장을 번갈아 쳐다봤다. 그의 눈은 감정 한 자락도 담기지 않은 듯 공허했다. 달빛조차 스며들지 못할 탁한 눈이었다.

"처음 보는 사람들인데?"

남자는 카오섬 말로 물었다.

"큰 배를 타고 온 게 당신인가요?"

턱수염이 떨리는 목소리로 물었다.

"파두아를 말하나 보군. 내가 그 배의 선장일세."

선장은 손에 쥔 술병을 기울여서 한 모금 마셨다.

"여기 널려 있는 보석 때문에 왔나? 안됐지만 저것 중엔 쓸 만한 게 없네."

"당신은 누굽니까? 이 섬에서는 외지인이 살 수 없는데요?"

턱수염이 묻자, 선장은 장을 향해 팔을 뻗었다.

"날 좀 일으켜 주게. 밖으로 나가 바람을 쐬었으면 싶은데."

선장은 지난 아홉 달 동안 카오섬에 갇혀 살게 된 이야기를 해주었다. 그가 타고 온 큰 범선이 카오섬에 난파했고 선장을 제외한 다른 선원은 모두 추방되었다고 했다. 외지인인 선장을 돌려보내지 않은 건 예사롭지 않은 일이었다. 선장은 섬에서 탈출하고 싶었지만, 파두아를 버릴 수 없었다. 게다가 허리를 다쳤기에 혼자서는 거동하기도 힘들었다.

"나를 도와주게. 우리 셋이라면 범선을 움직일 수 있지. 샤먼의 보석 따위는 비교도 안 될 값진 보물을 약속하네."

선장은 턱수염과 장을 설득했다. 동북쪽으로 가면 커다란 섬나라가 있다고 했다. 그 섬나라에 가면 전 세계를 탐험할 기회가 열린다는 것이었다. 턱수염은 고개를 끄덕였다. 아직 보지 못한 곳을 돌아다니는 건 꿈만 같은 일이었다. 샤먼의 피리보다 더 대단한 악기를 상상하자 가슴이 뛰었다. 장 역시 불만이 없었다. 지겹던 해적 노릇에 손을 떼도 된다는 생각이었다.

턱수염이 앞장섰다. 장이 선장을 어깨에 짊어졌다. 그들은 소리를 죽이며 부두로 다가갔다. 밤바다는 고요했다. 그들은 범선에 올랐다. 선장은 앞돛대에 기대앉아 각자 해야 할 일을 지시했다. 장이 캡스턴의 막대에 손을 얹고 밀었다. 여러 명이 힘을 써야 할 캡스턴이 움직이기 시작했다. 감아진 닻이 수면 위로 올라왔다. 턱수염은 돛대에 올라 돛에 묶인 줄을 풀었다. 선장은 자신을 조타실로 옮겨 달라고 장에게 말했다. 조타실에 앉아 타륜을 잡은 선장은 어금니를 꽉 물었다.

5

"일본에 있던 고바야시는 초조했겠지. 파두아와 교신이 끊긴 지 아홉 달이 넘었거든. 자신도 역시 함께 갔어야 한다고 후회했을 거야. 후쿠오카의 대부호(富豪)인 그는 유달리 모험심이 강했지. 그는 일본이 언젠가 침몰하리라는 콤플렉스에 시달리고 있었네. 그는 범선 마니아였고 기계 문명을 회의적으로 바라보는 사람이었지."

파두아는 고바야시에게 평생의 꿈이었다. 파두아가 후쿠오카로 입항하던 날 그는 어린아이처럼 손뼉 치며 노래를 불렀다. 온종일 파두아를 구경하며 떠날 생각을 하지 않았다. 남은 것은 그 배를 타고 전 세계를 항해하는 것이었다. 그는 파두아에 달린 엔진을 떼어버렸다. 오로지 바람과 파도의 힘만으로 세계를 일주하는 것. 마젤란이 최초로 완수했던 바닷길의 환(環). 그것은 그가 강박적으로 매달렸던 꿈의 완성이었다.

꿈을 향한 길이 쉽지는 않았다. 사람들은 그 꿈을 망상에 불과하다고 여겼다. 십오 세기식 항해라는 위험천만한 길을 함께할 선원도 구하기 어려웠다. 무엇보다 그 프로젝트를 맡을 마땅한 선장이 없었다.

"그런 항해라면 어울리는 사람이 단 한 명이겠군요. 칼리닌그라드에서 그 범선을 맡았던 선장이지요."

니폰마루호 선장 다카하시는 고바야시의 제안을 뿌리치며 적합한 인물을 언급했다. 그가 추천하는 사람은 세계적으로 이름난 탐험가의 아들이라고 덧붙였다. 고바야시는 한국으로 건너가 다카하시가 소개한 선장을 만났다. 선장은 흔쾌히 고바야시의 뜻에 동의했다. 조건을 달았다. 자신의 항해 방식에 누구도 간섭하지 못한다는 철칙이었다.

항해 계획을 완성하고 선원을 꾸렸다. 선원 대부분은 니폰마루호 대원이었고 일본인 모험가 세 명이 동행할 뜻을 밝혔다. 그런데 출항을 하루 앞두고 고바야시의 어머니가

죽었다. 때는 가을이었고 출항하기에는 더없이 좋은 조건이었다. 항해는 무기한 연기되는가 싶었다. 그러나 고바야시는 자기를 빼고 출항해 달라고 했다. 배가 무사히 돌아오면 그 경험을 바탕으로 더 큰 모험을 하겠다는 생각이었다. 아무도 꿈꾸지 못할 2차 항해를 머릿속에 그리며 아쉬움을 억눌렀다.

선원 아흔일곱 명을 싣고 파두아가 후쿠오카를 떠났다. 인도양을 거쳐 아프리카 남단으로, 항해하기 거칠기로 악명 높은 케이프 혼을 돌아 영국으로, 그린란드로, 다시 남아메리카를 돌아 샌프란시스코에 도달한 다음 태평양을 가로질러 후쿠오카로 돌아오는 장대한 계획이었다.

파두아는 시작부터 난관에 부딪혔다. 필리핀 동쪽 해상에서 갑작스러운 폭풍을 맞아 돛을 접고 바다가 이끄는 대로 떠다녔다. 그 과정에서 열 명 넘는 선원을 잃었다. 간신히 폭풍을 벗어나자, 이번엔 적도 무풍대가 그들을 기다리고 있었다. 말 그대로 바람 한 점 없는 곳이었다. 뜨거운 태양열 아래서 눅눅해진 공기마저 썩어 있는 듯했다. 그들은 꼼짝없이 삼 주 동안 갇혀 있었다. 조류와 해풍이 없기에 배를 움직일 방법은 없었다. 파두아를 움직인 건 또 다른 폭풍이었다. 기진맥진한 선원들은 사분오열되었고 배는 인도네시아 셀레베스 해역에서 만신창이로 좌초됐다. 그렇게 떠돌던 배를 멈춰 세운 게 카오섬이었다.

　포기하고 잊으려 마음먹은 고바야시에게 소식이 닿았다. 한 일본 선원이 파두아를 발견했다며 연락했다. 고바야시는 범선이 있는 지점으로 인양함을 보냈다. 형편없는 몰골로 돌아온 선장은 제대로 서지도 못했다. 선원은 아무도 보이지 않았고 처음 보는 두 사내가 선장 뒤에 서 있었다. 한 명은 체격이 다부졌고 다른 한 명은 왜소했다.

　"항로가 잘못됐소. 출항 시기도. 하지만 많이 배웠소."

　잔뜩 찌푸리고 있는 고바야시 앞에서 선장은 넉살 좋게 웃었다.

　"그래, 뭘 배웠습니까?"

　고바야시는 터져 나오려는 화를 참고 물었다.

　"선원 수가 너무 많았소. 우리에겐 소수일지라도 결사체가 필요하오. 스파르타 군대처럼 말이오. 모험을 목숨보다 소중히 여기는 사내들을 알고 있소. 돈으로 열정을 사서는 성공하기 어렵소."

　고바야시는 선장의 말에 동감했다. 유기체처럼 한 몸으로 움직이면서도 순간적 대처 능력을 갖춘 개성 강한 선원이 필요했다. 틀에 박힌 매뉴얼에 익숙한 군인들로 구성해서는 곤란했다.

고바야시는 2차 항해를 위한 원대한 계획을 발표했다. 이번에는 항해에 필요한 선원 모집을 전부 선장에게 맡겼다. 선장은 파두아를 이끌고 인천 앞바다로 갔다. 한국에서 선원을 뽑을 생각이었다. 세계적인 범선이 도착했다는 소식을 듣고 인천 시민들이 몰려들었다.

전국의 모험가들이 항해에 동참하기를 희망하며 찾아왔다. 선장은 모험 이력이 화려한 그들을 대부분 돌려보냈다. 그저 낭만에만 젖어 있는 사람들이었다.

이상한 방식으로 선원을 모집한다는 소문이 돌았다. 삶의 의지를 저버리고 스스로 목숨을 끊으려는 남자들이나 부랑자, 교도소에서 막 출소한 사람으로 범선이 채워졌다. 소문을 들은 박 대령이 선장을 찾았다. 선장의 눈을 본 박 대령은 놀랐다. 칼리닌그라드에서 보았던 그 눈이 아니었다. 선장의 눈은 한없이 비어 있으며, 그 공허가 빨아들이는 힘으로 뭐든지 삼킬 듯했다.

"거꾸로 가고 있는 것 같습니다. 제게 가르쳐 주신 것과는 다르지 않습니까?"

박 대령은 비웃음을 흘리며 말했다.

"이 시대에 아무런 기관도 없이 항해한다는 것부터가 거꾸로이지. 노가 부러지면 그 배는 어떻게 되나. 어디로도 향하지 못하지만, 그 어느 곳이든 닿을 수 있지."

선장의 반응은 시큰둥했다. 박 대령은 더는 말을 잇지 못했다. 선원 모집이 끝나갈 무렵 윤 박사가 파두아를 찾았다. 그는 정신과 전문의 자격증을 가지고 있는 의사라며 자신을 소개했다. 선장은 의사라면 이미 자리가 찼다고 했다. 정신분석가는 더욱이 쓸모가 없다며 거절했다.

"사실, 제 환자 몇 명이 자살했어요. 이제 저는 갈 곳이 없습니다."

그러자 선장이 묘한 미소를 지었다.

"배를 타본 적은 있는가?"

"요트를 가지고 있습니다."

"좋네."

다음 날, 하늘거리는 원피스 차림의 여자가 파두아로 다가왔다. 파두아를 점검 중이던 선장은 여자에게 시선을 돌렸다. 여자는 선장의 시선을 피하지 않고 똑바로 걸어왔다.

"저도 가겠어요."

선장은 얼굴을 찌푸렸다.

"여자는 받지 않소."

"갈 곳 없는 사람들을 받는다면서요?"

여자가 대꾸했다.

"어디로 갈지 모르는 배요. 당신 목숨을 장담하지도 못하오."

"데려가 주시기만 한다면 뭐든 하겠어요."

선장은 한참 동안 고민했다. 배에 여자를 태워본 적은 없었다. 그런데 묘한 기분이 들었다. 어차피 부러진 노를 가지고 항해한다면 여자를 태워보는 것도 나쁘지 않겠다는 생각이었다.

"좋소. 대신 당신을 여기서는 마리라고 부르겠소."

마리가 고개를 갸웃거렸다.

"당신의 이름, 그리고 지금까지의 삶을 버릴 수 있다면 승선을 허락하겠다는 뜻이오."

IV.

어둠과의 악수

——— 생명은 어둠에서 시작한다. 어머니 자궁 또는 알 속에서 생명체가 제일 처음 맞는 것은 어둠이다. 그렇게 태어난 생명은 영원히 살 것처럼 바동거리나 곧 깊이를 헤아리지 못할 어둠 속으로 사라져 간다. 생명은 단 한 번의 번쩍임을 위해 영겁의 어둠을 인내한다.

- 김 대위의 노트 '검은 바다' 中

1

선장의 긴 이야기가 끝나자, 강 중위는 자리를 떴다. 갑판에는 찬 공기가 깔려 있었다. 그의 오른쪽 귀에서 이명이 들렸다. 귀가 먹먹했다. 눈의 초점이 흐려지다가 다시 또렷해지기를 반복했다. 그는 가슴 주머니에 손을 넣어 김 대위의 노트를 만지작거렸다. 김 대위는 이곳에서 무엇을 보았던 걸까.

그는 난간을 따라 걸었다. 하갑판으로 내려가 선실에 들어서자마자 침대 위에 몸을 던졌다. 더는 무언가를 수사하는 일이 의미 없었다. 그는 몸을 뒤척이다가 일어났다. 방에서 나와 다시 홀까지 걸어갔다. 인기척이 있었다. 그는 문을 열고 홀 안을 들여다봤다. 식사를 준비하고 있는 마리의 뒷모습을 보았다.

"필요한 거라도 있나요?"

강 중위를 향해 고개 돌린 마리가 무표정한 얼굴로 말했다. 강 중위는 대답 대신 마리에게 가까이 다가갔다. 마리의 검은 눈이 점점 커졌다.

"이곳 사람들의 과거에 관해 얘기를 들었습니다."

강 중위의 말에 마리는 손에 든 프라이팬을 내려놓고 뒤돌아섰다.

"그랬군요."

"마리, 당신은 갈 곳이 있는 것 같습니다."

마리는 어깨를 으쓱거렸다.

"박 대령님과의 관계를 알게 되었습니다."

강 중위는 심각한 투로 말했다. 마리는 그 말에 미소 지었는데 그것에는 경멸이 약간 담겨 있었다.

"저는 가지 않아요."

"이곳에 남으려는 이유가 뭡니까?"

마리는 입술을 꿈틀거리며 무언가 말을 할 듯 말 듯 고민하는 모습을 보였다. 그때, 갑판 위를 뛰어다니는 발소리가 났다. 이어 윤 박사가 뭐라고 외치는 소리가 들렸다. 강 중위와 마리는 갑판을 향해 뛰어갔다.

장이 해변에서 한 남자를 어깨에 짊어진 채 범선으로 걸어왔다. 남자는 장의 어깨 위에서 축 늘어져 있었다. 장은 갑판에 올라 남자를 윤 박사 앞에 눕혔다. 윤 박사는 남자의 눈꺼풀을 벌려 안구를 관찰했다.

"내 방으로 옮겨주게."

윤 박사는 장에게 말한 뒤 강 중위를 쳐다봤다.

"탈진한 걸로 보이네요. 괜찮을 겁니다."

윤 박사와 마리는 장을 뒤따랐다. 강 중위는 그들이 사라져 가는 모습을 지켜보았다. 그는 돛대 위에 펼쳐진 검은 구름을 바라보며 아직 끝나지 않은 바다와의 싸움을 상기했다. 그 싸움은 굵직한 상처를 남겼다. 그때마다 그는 다시 몸을 일으켰다. 그러나 바다는 실체가 없다. 바다를 조각낼 수도 없는 일이다. 애초 싸움이 무의미한 대상이다. 그 대신 바다에 대한 끊임없는 적응만이 있을 뿐이다.

지구 그 자체가 무시무시한 공간이란 말일세.

선장의 말이 떠올랐다. 선장은 지구 그 어느 곳도 안전하지 않다고 생각하는 걸까? 그래서 차라리 어머니 바다에 몸을 맡겨버린 것일까?

이런저런 생각을 하는 동안 윤 박사의 선실에 이르렀다. 침대 위에 눕힌 남자를 윤 박사와 마리가 돌보고 있었다. 마리는 남자의 얼굴에 흐르는 땀방울을 연신 닦아냈다.

남자는 끙끙 소리를 내다가 의식을 차렸다. 사람들을 둘러보던 그는 몸을 떨기 시작했다. 윤 박사가 재차 진정하라고 했다.

"여, 여긴 어디요?"

남자가 물었다.

"놀랄 것 없어요. 여긴 파두아라는 배의 선실입니다."

윤 박사는 남자의 어깨에 손을 올리며 대답했다.

"배, 배라고요? 바다 위에 떠 있다는 말이요?"

"이 배는 무인도에 난파된 상태입니다."

남자는 고개를 젖히며 눈을 감았다. 떨리던 몸이 진정되자 한숨을 여러 번 몰아쉬었다. 잠시 뒤 그는 눈을 뜨고 윤 박사에게 말했다.

"가능한 먼 곳으로 보내주시오. 부탁하오."

남자는 자신이 C군도에서 벗어나지 못했다는 걸 깨달은 모양이었다. 그는 C군도 북단에 있는 죽도에서 왔다고 했다. 죽도는 C군도에서 제법 많은 사람이 사는 섬이었다. 윤 박사는 강 중위를 쳐다봤다. 강 중위는 머뭇거리다가 입을 열었다.

"이틀 뒤에 헬기가 옵니다. 그때까지 안정을 취하시죠."

"헬기요? 군을 말하는 거요? 당신도 군인이군. 싫소. 군은 안 되오."

남자는 다시 몸을 떨기 시작했다. 윤 박사가 남자의 두 팔을 잡으며 강 중위더러 나가라고 고갯짓했다. 강 중위는 물러나지 않고 남자에게 다가가 물었다.

"무슨 말입니까? 군은 안 된다니요?"

남자는 한동안 망설이다가 윤 박사가 안심하라는 눈짓을 보내자, 입을 열었다.

"남아 있는 사람들은 발견되자마자 군인들이 끌고 갔소. 우리는 외지인은 모르는 동굴에서 겨우 숨어 지낸 거요."

"그렇다면 섬으로 돌아가실 생각입니까?"

강 중위의 말에 남자는 다시 부들부들 떨었다.

"아니, 섬으로도 갈 수 없소. 그곳은……. 그곳은 저주받은 곳이오. 아아, 왜 우리가 그런 짓을 했는지. 그 여자 때문이오. 그 여자 한 명 때문에 이렇게 될 줄이야."

"여자라니, 무슨 말입니까?"

"모르겠소. 외지에서 온 여잔데, 그 여자가 온 뒤로 섬은 풍비박산해 버렸소."

"혹시, 입술과 턱 사이에 점이 있는 동남아시아 여자가
아닙니까?"

"그렇소만, 그걸 당신이 어떻게······."

남자는 흘러나오려는 신음을 참아내며 대답했다. 강 중
위는 눈빛을 반짝였다. 생각해 보니 C군도에서 아내를 찾
아볼 생각을 떠올리지 못했다. 왜 여태 그랬을까, 하고 생
각하자 화가 났다.

"그 여자가 섬에 언제 왔습니까?"

"지난 오월이었소. 바닷가에서 발견했는데 거의 죽은 거
나 다름없는 몸을 마을 노인이 살려냈소."

2

보트에 올라탄 강 중위는 시동을 걸고 최대 속도로 달렸
다. 윤 박사에게 협박하다시피 해서 얻어낸 열쇠 뭉치는
핸들 밑에 꽂혀 찰랑거리고 있었다. 남자를 설득해 동굴의
위치를 알아낸 터였다.

바람은 거칠었다. 파도에 튄 물이 선창을 때리며 빗방울
처럼 흘러내렸다. 보트는 끊임없이 밀려오는 물결을 갈랐

다. 섬에 도착하기까지 삼십 분도 채 걸리지 않았다. 그는
배에서 내려 마을을 향해 뛰어갔다. 남자가 말한 동굴에 가
려면 마을을 지나 암석으로 비탈진 해안가를 찾아야 했다.

마을 입구에 이른 그는 발걸음을 멈췄다. 마을 모습은
폐허나 다름없었다. 무너진 돌담 너머로 금이 간 돌집이
간신히 서 있었고 슬레이트로 지은 집은 전부 지붕을 날린
채 사선으로 기울어져 있었다. 집이 토해낸 가구며 옷가지
며 그릇 따위들이 도로를 뒤덮었고 그물과 통발이 뒤엉켜
있었다. 여기저기서 생선 썩는 냄새가 진동했다. 바다쇠오
리 수 마리가 검은 머리를 꼿꼿이 들고 이따금 괴성을 질
렀다.

길을 따라 걷던 그는 어지러웠다. 거리 곳곳마다 개들의
사체가 널브러져 있었고 그 위로 파리 떼가 들끓었다. 숨
이 막혔다. 입을 벌리고 목구멍으로 숨을 쉬어도 지독한
냄새가 모래알처럼 파고들었다. 돌이 구르는 소리가 났다.
무너진 담장 쪽이었다. 그는 그곳으로 다가갔다. 돌무더기
뒤에 숨어 있던 누군가가 튀어나오더니 냅다 달렸다. 여자
아이였다. 그는 아이를 뒤쫓아 뛰었다. 아이는 고양이처럼
담을 타고 벽 틈을 빠져나가 어딘가로 모습을 감췄다. 그
는 쭈그려 앉아 소리를 죽였다.

부스럭거리는 소리가 나더니 초목이 흔들렸다. 아이의 다리가 그 속에서 교차했다. 아이는 마을을 벗어나 숲으로 달아나 버렸다. 강 중위는 호흡을 가다듬고 숲속으로 발을 내디뎠다. 숲속에는 길이라고 할 만한 것은 없었다. 사람들이 다닌 흔적도 보이지 않았다. 그는 눈빛을 반짝이며 주위를 샅샅이 살폈다. 빽빽한 대나무 사이에 개가 지나다닐 만한 공간이 하나 있었다. 그 앞에 찍힌 작은 발자국이 그의 눈에 띄었다. 그는 대나무 사이를 벌려 헤집고 들어갔다. 빠져나오자, 구불구불한 오솔길이 나왔다. 우거진 소나무가 길 양옆으로 서 있었는데, 가로로 뻗은 가지가 서로 그물처럼 엮여 하늘을 가리고 있었다. 멀리 어렴풋한 빛이 뭉쳐 있는 소실점이 보였다. 그는 소실점을 바라보며 멈칫했다. 할 수만 있다면 숲속 어둠에 머물고 싶었다. 저 빛을 뚫고 나가면 어떤 진실이 기다리고 있을지 두려웠다. 그는 고개를 흔들며 다시 걷기 시작했다. 소실점이 확대되더니 비탈진 절벽으로 이어졌다. 절벽 아래로 아이의 모습이 잠깐 보였다가 무언가에 삼켜지듯 사라졌다. 강 중위는 그곳을 내려다보다가 절벽을 탔다.

아래로 내려오자, 검은 구멍이 있었다. 절벽과 절벽 사이의 틈으로 이루어진 좁은 동굴이었다. 바닷물이 무릎까지 찼고 밖에서는 동굴 안이 보이지 않았다. 그는 허리를 숙이고 동굴 입구에 들어갔다. 라이터를 켜 불을 밝혔다. 동굴은 생각보다 깊었다. 20여 미터 나아가자, 물은 닿지 않았다. 웅크리고 있는 사람 너덧이 희미하게 보였다. 역한 냄새가 풍겼고 하나같이 앓는 소리를 냈다. 강 중위는 넝마 차림의 노인을 향해 다가갔다.

"우, 우릴 잡아가려고 왔나?"

노인은 가쁜 숨을 쉬며 강 중위를 노려봤다.

"진정하십시오. 그러려고 온 게 아닙니다."

"그렇다면 어서 여길 떠나게."

"무슨 말입니까?"

"그거야 군인인 자네가 잘 알지 않나?"

"이 섬에 관해서는 제가 아는 바가 없습니다."

노인은 한숨을 쉬고 입을 다물었다.

"이 섬에서 벌어진 모든 일을 말씀해 주셔야 합니다. 그러지 않으면 제가 협조할 수 없습니다."

강 중위는 협박을 섞어 설득했다. 노인은 망설이다가 그가 내민 담배를 떨리는 손으로 쥐어 길게 빨았다.

"전염병이 돌았네. 마을은 쑥대밭이 되었지. 군인들이 마을 사람을 모조리 잡아갔고 우리만 이렇게 숨어 있는 걸세."

"치료하기 위해 사람들을 데려간 것이지 않겠습니까?"

"치료라고? 잡혀간 사람들은 어딘가에 감금되었다고 들었네. 치료제도 없다더군. 우린 죽음이 두렵지 않네. 비참하게 죽고 싶지 않을 뿐이지."

강 중위는 노인이 피우는 담배가 필터까지 타들어 가는 걸 보며 상황을 정리해 보았다.

"알겠습니다. 그런데 여기에 살던 동남아시아 여자는 어떻게 되었습니까?"

"그 아일 자네가 어떻게 아는가?"

"이곳에서 탈출한 사람을 만났습니다. 그 여자는 제 아내입니다."

노인의 눈이 둥그레졌다. 쌓아두었던 숨을 토해내며 얕은 신음을 내뱉기도 했다. 기억을 끄집어내기 두려운지 입술을 달달 떨었다.

3

강 중위의 아내는 죽도 해변에서 선박을 수리하던 곽 씨에게 발견되었다. C군도 서남 해상에서 지진이 발발한 지

사흘이 지난 뒤였다. 당시 섬사람들은 정신이 없었다. 처음 겪는 지진에 집이 무너져 내렸고 바다는 당장이라도 섬을 삼킬 듯 높이 일렁이고 있었다.

섬에 파견된 의사는 강 중위의 아내에게 딱히 손써볼 도리가 없었다. 이미 폐에 물이 찼고 패혈증도 있었다. 그런 그녀를 노인이 데려가 보살폈다. 작은 텃밭을 일구며 생계를 이어가던 사람이었다. 노인은 침을 놓고 뜸을 떴다. 그러고는 약초를 달여 그녀에게 먹였다. 그녀는 꺼져가는 촛불처럼 가냘픈 숨을 잇다가 보름이 지난 뒤에야 의식을 찾았다. 다시 한 달이 지나자, 걷기도 하고 가벼운 일도 했다. 그런데 그녀는 이름을 기억하지 못했다. 어디서 왔는지 어떤 삶을 살아왔는지 말 한마디 않고 입을 다문 채로 지냈다. 한국말도 어설펐기에 섬사람들은 그녀를 측은히 여겼다. 그들은 버려진 집에 간단한 살림을 마련해 그녀가 섬에서 살아가도록 도왔다.

연이은 태풍을 맞으며 마을은 흉흉해지기 시작했다. 섬을 오가는 배가 끊겼고 먹을거리는 점점 떨어져 갔다. 바다에 띄울 어선도 몇 척 남지 않았다. 청년들이 그나마 성한 배를 훔쳐 섬에서 달아난 것이다. 섬이 무력해질수록 바다는 더욱 매서운 파도를 몰고 왔다.

강 중위의 아내에게 호의적이었던 마을 사람들도 더는 인심을 베풀지 않았다. 멍한 눈으로 섬을 배회하는 그녀에게 고운 시선을 줄 리 없었다. 마을 사람들은 그녀에게 일을 시켰다. 그녀는 그물을 손질하고 생선을 말리는 일부터 시작했다. 맡기는 일마다 억척스럽게 잘 해냈다. 남자들이 해야 할 일도 맡았다. 배를 타고 그물을 끌어 올리기도 했고 무너진 집을 다시 세우는 일도 해야 했다. 그녀는 불만을 드러내는 법이 없었다. 차츰 이곳저곳에서 부르는 사람이 늘었고 요구하는 일도 늘어났다. 하지만 아무도 삯을 주지 않았다.

그녀는 거의 먹지 못했다. 사람들은 아예 하녀를 부리듯 대했고, 그것에 대해 자신의 양심과 연결 짓지 않았다. 마을이 겪는 재난의 원인을 그녀에게 돌리기도 했다.

어느 날, 막걸리 한 말을 마신 곽 씨가 그녀의 집으로 갔다. 그녀는 잠들어 있었다. 이불 사이로 드러난 그녀의 갈색 다리가 곽 씨의 두 눈을 빛내게 했다. 그녀는 악을 쓰며 저항했지만, 그의 힘을 당하지 못했다.

곽 씨가 그녀를 범한 뒤로 그녀는 숫제 집에서 나오지 않았다. 영문을 모르는 사람들은 그녀가 꾀를 부리는 것이려니 생각하며 욕을 해대었다. 그녀를 구해준 노인이 그녀의 집에 찾아갔다. 그녀는 마을에 더 무서운 재앙이 찾아올 거라며 독설을 내뱉었다.

술자리에서 흘린 곽 씨의 농지거리가 문제였다. 그는 남자들을 모아 질탕하게 술을 마신 뒤 그녀의 집에서 저지른 일을 무용담인 양 말했다. 이야기를 듣던 남자들은 마음이 동했다. 하룻밤 끼고 놀 만한 거리의 여자가 없는 외딴섬이었다. 그들은 차례로 그녀를 찾아갔다. 그녀를 능욕하면서도 범죄를 저지르고 있다는 사실조차 깨닫지 못했다. 아낙네들은 그 사실을 모르는 체하며 쉬쉬했다.

그렇게 한 달이 흘렀을 때였다. 곽 씨가 아침을 먹다가 피를 토하며 쓰러졌다. 얼마 지나지 않아 곽 씨의 아내도 피를 토했다. 그렇게 피를 토한 뒤로는 산송장처럼 이불에 달라붙어 누워 지내야 했다. 그 뒤로 사흘이 지났을 때였다. 쓰나미가 밀려와 섬을 휩쓸어 갔다.

마을은 아수라장이었다. 실종된 사람을 헤아려 보기도 어려웠고 죽은 자들은 자신의 묏자리를 얻기도 힘들었다. 썩는 냄새가 그치지 않았다. 생선에서 나는지 사람 송장에서 나는지 알 수 없었다. 그것은 징조에 지나지 않았다. 더 끔찍한 일이 그들을 기다리고 있었다. 남자들이 하나둘 피를 토하기 시작했고 그들의 아낙네마저 이어 피를 토했다.

그러자 마을은 광기로 물들었고 소문이 떠돌았다.

그년이 병을 옮긴 거야, 그 죽일 년이 말이야.

마을 사람들은 치솟는 공포와 분노에 이를 갈았다.

당장 내보내야 해. 그년 때문에 섬이 엉망인 거야.

소문은 그치지 않았다. 그녀를 마녀나 요괴 따위에 비유하기도 했다. 사람들은 결국 이장을 앞장세워 그녀의 집에 몰려갔다. 불을 질러 그녀와 함께 집을 태워버리자는 말까지 나오기도 했다. 여러 의견이 엇갈리며 실랑이를 벌였다. 과격한 의견을 낸 사람도 있었지만 손수 나서려 하지 않았다. 논쟁이 그치지 않자, 이장은 그녀의 집을 자물쇠로 잠그고 모두 물러가라고 했다.

며칠이 지난 뒤, 서른 명 넘는 군인들이 섬에 왔다. 보호소로 피신시킨다는 명분이었지만 마을 사람에게 대하는 행동이 난폭했다. 마치 시위대를 진압하기라도 하는 듯 발로 차고 총구로 위협했다. 멀쩡한 사람도 마구잡이로 잡아들였다. 마을 사람들은 달아나기 시작했다. 그들이 숨을 곳은 한 군데뿐이었다. 남쪽 해안에 있는 동굴이었다.

그들은 종일 동굴 안에 숨어 지냈다. 밤이 되면 한 명씩 번갈아 먹을거리를 구하러 나올 뿐이었다. 간혹 헬기 소리라도 들리면 몸서리치며 숨을 죽였다.

"어느 날, 내가 그 애 집 열쇠를 가지고 있다는 사실을 깨달았네. 아무도 그 애를 신경 쓰지 않았던 걸세. 깊은 밤을 틈타 그 집으로 갔네. 하지만 문은 이미 부서져 버렸더군. 더럭 겁이 났지. 나는 손을 떨며 안으로 들어갔네. 그 애의 끔찍한 모습을 보는 순간 다리에 힘이 빠졌지. 혀를 깨문 것 같았네."

우리를 용서하지 말게, 하고 노인이 말을 덧붙이며 눈을 감았다. 주름진 눈가를 타고 눈물이 흘렀다. 강 중위는 무릎을 꿇고 두 손으로 얼굴을 감쌌다. 몸속 깊은 곳에서 뜨거운 기운이 식도를 타고 올라왔다.

4

동굴을 빠져나와 다시 숲속에 들어선 강 중위는 몸을 떨었다. 추웠다. 고목처럼 시커먼 소나무가 하나씩 다가와 그를 스치고 갔다. 귀가 먹먹해지고 몸을 가누기 힘들었다. 몸에 이는 열이 관자놀이를 향해 몰려들었다.

숲속을 빠져나오자 거뭇거뭇한 하늘이 보였다. 폐허처럼 펼쳐진 마을을 보며 그의 마음도 그것과 다를 바 없다고 생각했다. 축축한 바람이 그의 짧은 머리칼을 훑고 지나갔다.

마을 회관 앞에 이르러 간판을 쳐다보았다. 그것은 아슬아슬하게 매달려 덜렁거렸다. 기분 나쁜 소리로 우는 갈매기 수 마리가 멀리 선착장에 모여들고 있었다. 갈매기를 바라보던 그는 권총을 떠올렸다. 그것을 뽑아 쥐고 방아쇠를 당겨 새를 모조리 쏴 죽이면 화가 풀릴까. 움직이는 것은 무엇이든 자신을 조롱하는 것 같았다. 그는 손을 뻗어 간판을 떼어냈다. 군화로 간판을 서너 번 내리치자 우지직 소리를 내며 부서졌다. 그는 마당 한구석에 비스듬히 기울어진 나무 지지대에서 쇠 파이프를 떼어냈다. 그것을 손바닥에 툭툭 치더니 마을 회관 안으로 들어갔다. 닥치는 대로 쇠 파이프를 휘둘렀다. 장롱에 구멍이 나고 유리창이 깨져나갔다. 텔레비전이 박살 나면서 파편이 얼굴에 튀었다. 얼굴을 훔치는 그의 손에 피가 묻어났다. 그는 천장에 있는 형광등을 향해 쇠 파이프를 집어 던지고는 담배를 꺼내 물었다. 담배는 몇 초도 지나지 않아 꽁초가 되었다. 그는 파편이 쌓인 바닥에 꽁초를 던졌다.

어둠이 빠르게 밀려들었다. 구름은 비를 몰고 왔다. 창가에 기대앉은 강 중위의 머리 위로 빗방울이 튀었다. 창문 밖으로 바람이 쇳소리를 내며 불었다. 그는 일어서서 창턱에 손을 대고 깨진 창문 틈을 바라보았다. 바람과 함께 빗방울이 그의 얼굴에 달라붙었다. 그는 이제 추위를 느끼지 않았다. 비는 더 세차게 내렸다. 빗방울과 함께 무력감이 한 꺼풀씩 쌓여갔다. 공포가 스멀스멀 솟아 그의 가슴에 찼다. 그는 그것에서 벗어나는 방법을 이전부터 알고 있었다. 저 어둠 속 공포 한가운데로 뛰어드는 것이었다. 아내를 다시 만날 수 없는 마당에 못 할 것도 없었다. 그는 왼손을 내밀어 창밖으로 뻗었다. 다른 손으로 깨진 유리 조각을 쥐고 손목에 대었다. 그러고는 힘을 주었다.

옛날, 인어가 사라지고 고래가 바다를 누비던 시절이었단다. 숨을 쉬러 나온 고래가 눈에 띄면 인간이 모조리 잡아 죽였지. 그러자 끔찍한 일이 벌어졌단다. 바다에 배를 띄우면 영락없이 두 동강 나버리고 바다에 잠긴 거야. 고래는 흉포한 입을 벌려 사람을 삼켰고 태풍을 몰고와……

5

어둠 속에 진실이 있지. 진실은 단 한 줄기 빛으로 밝혀지는 법이야. 자네는 그 어둠 속에 숨어 있는 것을 궁금해했지. 그런데 단 한 번이라도 빛을 밝혀 그것이 무엇인지 확인해 볼 용기가 있었는가.

강 중위의 흐린 시야 앞으로 무언가 서 있었다. 어렴풋한 그림자였다. 목소리는 익숙했다. 김 대위인가? 다시 정신을 차렸을 때는 아무도 없었다. 손목에서 흘러나온 피가 바닥에 고여 엉덩이를 적시고 있었다.

현기증이 일었다. 그는 비틀거리며 일어났다. 손목이 따끔거렸다. 그는 내의를 벗어 손목을 싸매고 마을 회관에서 나왔다. 어둠이 섬을 통째로 삼켰고 스산한 바람이 곳곳에서 방향을 잃고 떠돌았다. 그는 어지럼을 참으며 보트로 향했다.

부러진 노라……. 그래, 그 범선이라면 어디로든 가겠지.

어둠과 물살을 가르며 보트가 질주했다. 파도가 심상치 않았다. 곧 폭풍이 몰려올 기세였다. 눈앞이 점점 시커메졌다. 무슨 생각을 떠올리든 곧 지워져 버렸다. 입가에 비열한 웃음이 흘렀다. 이젠 그 어떤 어둠도 자신의 편이라고 생각했다.

범선이 희미하게 보였다. 그는 일순간 기운이 빠졌고 정신이 흐릿했다. 끝없이 밀려오는 잠은 버티기 힘든 무게로 다가왔다. 범선 근처에 다다랐을 때 그는 시동을 끄며 힘없이 팔을 늘어뜨렸다.

눈을 떠봐요.

마리의 목소리였다. 강 중위는 잠에서 깨어나 눈을 떴다. 마리의 모습이 아니었다. 누워 있는 곳은 자신의 선실이었고, 윤 박사가 어두운 눈빛으로 강 중위를 들여다보고 있었다. 강 중위는 몸을 일으키려 했다.

"그대로 있어요. 피를 너무 많이 흘렸어요."

윤 박사는 강 중위의 가슴에 손을 얹고 굳은 얼굴로 말했다. 강 중위는 윤 박사에게 시선을 두려 했으나, 자꾸 초점이 어긋났다.

"대체 손목은 왜 그랬나요?"

"마리, 마리는 어디 있습니까?"

강 중위는 더 어두워지는 윤 박사의 눈빛을 보았다.

"당신에게 맞는 혈액형이 그녀의 피뿐이더군요. 고집을 부리는 바람에 지나치게 채혈했어요. 지금 그녀도 안정을 취하고 있습니다. 그녀가 아니었으면 큰일 날 뻔했어요."

윤 박사는 평소와 달리 담담한 목소리로 말했다. 그는 강 중위의 체온과 혈압을 쟀다.

"그 남자는 어떻게 되었습니까?"

강 중위가 물었다.

"보트 한 척을 내주었어요. 하도 고집부리며 보내달라기에……."

윤 박사는 술을 마시지 않은 모양이었다. 냉정한 모습으로 분주하게 손을 움직였다. 전혀 다른 사람처럼 보였다. 눈가가 벌겋게 달았지만, 침착한 눈빛을 흩트리지 않았다. 그는 탁자 위에 놓인 송수신기를 손으로 가리켰다.

"장이 장난을 친 모양이더군요. 본부에 연락해서 돌아갈 방법을 취하도록 하세요."

윤 박사는 물컵 옆에 알약 두 알을 놓고 방에서 나갔다. 강 중위는 알약을 만지작거리다가 내려놓았다. 물컵을 들어 단숨에 들이켜고는 몸을 틀어 침대에 걸터앉았다. 구토가 일듯 어지러웠고 몸에 기운이 없었다. 그는 송수신기를 한동안 바라보다가 전원을 켜 신호를 보냈다.

– 강 중위인가?

수화기에서 박 대령의 음성이 흘러나왔다.

- 강 중위, 내 말이 들리는가? 작전을…….

강 중위는 박 대령의 말을 잘라버리듯 송수신기의 전원을 껐다. 두 손으로 다리를 밀치며 일어나 송수신기를 가지고 방에서 나왔다. 범선을 향해 세찬 비바람이 불고 있었다. 문을 열고 갑판에 발을 딛자 굵은 빗방울과 면도날 같은 바람이 강 중위의 눈을 파고들었다. 그는 손전등을 든 윤 박사를 보았다. 윤 박사는 불빛을 강 중위에게 비추었고 놀란 표정으로 소리쳤다. 강 중위는 손에 든 송수신기를 잠시 노려보다가 바다에 던졌다.

"이제, 제가 가진 노도 부러졌습니다. 돌아갈 곳도 없고 당신들과 같은 처지입니다. 또 무슨 일이 벌어졌습니까? 앞으로의 계획은 무엇입니까?"

강 중위는 큰 소리로 말했다. 비바람이 자신의 목소리를 튕겨 내는 것 같았다. 윤 박사가 심각한 표정으로 강 중위에게 다가왔다.

"좋지 않은 생각이에요."

"아니요. 제 임무는 포기했습니다. 이 배가 어디로 향하든 끝까지 가보고 싶습니다."

윤 박사가 곰곰이 생각하더니 홀 지붕 쪽을 바라봤다. 어둠을 뒤집어쓴 선장이 그 위에 서 있었다. 선장은 날카로운 표정으로 윤 박사를 내려다보더니 고개를 끄덕였다. 윤 박사는 강 중위를 바라보며 가라앉은 목소리로 말했다.

"호아가 사라졌어요."

"아니, 우리가 호아를 희생시켰네."

윤 박사의 등 뒤에서 선장이 고개를 꼿꼿이 세운 채 웅변하듯 말했다. 그 모습이 마치 막 지옥문을 열고 나온 사신(邪神) 같았다. 강 중위는 잘못 들었기를 바랐다. 젖은 군복을 타고 빗방울이 흘러내려 갑판 위에 떨어졌다.

V.
해 질 녘의 하루살이

──────── 인간은 생명을 먹으며 산다. 인간의 한 끼 식사를 위해
얼마나 많은 살생이 자행되는가. 인간의 배를 불리는 행위는 죽임
의 축제인 것이다. 희생된 생명에겐 종말이며 숱한 번식에 성공했
던 역사를 마감하는 재앙이다. 하지만 인간에겐 일상에 불과하다.

– 김 대위의 노트 '검은 바다' 中

선장은 창문을 바라보며 손가락으로 탁자를 두드렸다.
갑판을 향해 밀려드는 파도는 포말을 일으키며 튀어 올라
창문에 부딪혔다. 그 모습이 철썩, 뺨을 때리는 듯했다. 강
중위는 군모를 벗었다. 머리에서 빗물이 흘러내렸다. 꾹꾹
눌러두었던 감정도 실려 나오고 있었다. 믿기지 않는 말을
마친 선장은 눈 밑 상처를 꿈틀거렸다. 그의 설명은 간단
했다. 호아는 바다에 바쳐질 운명이었다는 것, 그래서 아
이를 보트에 태우고 떠나보냈다는 것이다.
　영화 속에서나 가능할 이야기였다. 강 중위는 할 말을
잃었다. 그가 알지 못하는 미지의 세계가 눈앞에 새로이
열리는 기분이었고, 그곳에는 악몽보다 지독한 현실이 도

사리고 있을 것 같았다.

"그건 범죄 행위입니다. 아주 심각한……."

강 중위가 침묵을 깨뜨리며 말했다. 선장은 고개 돌려 강 중위를 바라보았다. 눈에 광기가 스몄다. 그는 속을 알 수 없는 그 눈으로 방 안의 공기를 호흡했다. 강 중위는 호아가 절규하는 모습을 떠올려 보았다. 호아를 도와 수리한 배가 결국 그 아이를 바다에 내치기 위한 작업이었다니. 그는 주먹을 불끈 쥐었다.

"이해할 수가 없습니다. 희생이라니, 도대체 무엇에 대한 희생이란 말입니까?"

강 중위의 눈에 핏발이 섰다. 희생. 선장이 말한 희생의 의미는 무엇인가. 왜 그런 신성한 의미의 낱말을 썼는지 모를 일이었다. 진정 희생이 필요하다면 강 중위 자신과 같은 사람이 선택되어야 하지 않을까. 선장은 분노를 담은 강 중위의 눈을 한동안 노려보다가 눈의 초점을 흐렸다.

"자네, 아홉 성(聖)처녀에 관한 얘기를 들어봤나?"

선장은 몽유병 환자처럼 강 중위와 자신의 중간지점에 시선을 모았다. 그러고는 천천히 시가를 뽑아 들고 불을 붙였다.

자네는 바다를 아는가? 물론 그렇다고 생각하겠지. 그런데 평생 바다 위를 떠다녔던 나도 솔직히 바다란 놈을 잘 모르겠네. 인류가 첫 항해를 시작하던 때부터 바다는 인간에게 두려움 그 자체였지. 중세까지만 해도 깊은 숲이 그러했듯이 말이야. 증기기관이 발명되면서 그 두려움은 사라져 갔네. 바람과 파도를 이용하지 않고도 배를 띄울 수 있었으니 말이지. 하지만 그런 문명을 이용한 결과가 뭔가. 결국 인간은 자연에 적응할 기회를 박탈당하고 만 것이지. 돛을 올리고 노를 저어 항해하던 시절, 인간은 바다와 한 몸이 되어야 했네. 배를 움직이려면 바람과 파도에 적응해야 했지. 그것은 사람의 한계와 잠재력을 인식하고 자연에 대한 경외심을 얻는 과정이었네.

파두아가 엔진을 떼어내고 항해 준비를 마쳤을 때였네. 철저히 십오 세기 방식을 따랐지. 물론 나는 그 항해를 완수할 자신이 있었네. 선원들에게도 적합한 훈련을 시켰지. 그런데 한 가지 간과한 게 있었네. 십오 세기에 범선을 타고 연락이 끊긴 채로 항해한다는 건 목숨을 걸어야 하는 일 아니겠는가. 나로 말할 것 같으면 평생 그런 위험을 언제든 마주해야 했고, 또 나와 함께했던 선원들도 죽음을 오히려 명예롭게 생각했지. 범선에 올라 출항하고 나면 선원들은 배의 부속품이나 다름없었네. 선장은 그 배의 영혼이었지.

1차 항해를 나섰던 파두아의 선원들은 그러지 못했네. 출항하자마자 맞닥뜨렸던 거대한 폭풍 앞에서 그들은 공포에 잠식되어 제정신이 아니었지. 내가 폭풍을 뚫고 가겠다고 하자 그들은 모두 손을 놓았네. 어떻게 해서든 헤쳐 나가 볼 생각은 하지 않고 본부와 교신을 하자는 둥, 지나가는 배가 보이면 돌아가겠다는 둥 아수라장이었지. 파두아는 발작 중인 사람의 몸이나 다름없었네. 그럭저럭 폭풍을 피했고 나는 항해를 계속하려 했지. 선원들은 모두 돌아가야 한다며 난리를 피우더군. 나는 교신기의 전선을 자르고 그들의 입을 다물게 했네.

파두아의 오만한 영혼에 바다가 노한 것일까? 이내 열병이 돌더니 선원들이 하나둘씩 누워버리는 게야. 연이어 두 번의 폭풍을 더 만났고 선원들은 아예 선실에 처박혀 신음만 내뱉더군. 나는 떨어지는 활대에 맞아 허리를 다쳤고 정신을 잃었네. 그렇게 표류하다 도착한 곳이 카오섬일세.

살다 보면 불길한 예감이 들 때가 있네. 마치 내게 닥칠 미래의 모습이 과거의 기억처럼 눈앞에 선명해지는 느낌 말일세. 정신을 차렸을 때, 아니나 다를까 선원들이 모두 밧줄에 묶인 채 갑판에 늘어져 있더군. 나 또한 돛대에 묶여 있었지. 나를 지키던 청년은 작살을 들고 서 있었는데 나와 눈을 마주치고는 황급히 섬으로 달려가더군. 검은 피부를 가진 청년이었네. 가죽 따위로 생식기 정도만 가린 복장이었기에 야만인이 아닐까, 하는 생각이 들었지.

청년은 건장한 남자 셋을 데리고 돌아왔고 그중 가장 덩치가 큰 녀석이 밧줄을 풀며 나를 어깨에 둘러메더군. 지금 생각해 보면 알 수 없는 일이었네. 그들은 어떻게 내가 선장인 걸 알았을까. 내가 입고 있는 복장이 선원들의 유니폼과 달라서? 아니면 내가 가장 나이가 많아 보였기 때문에? 아무튼 섬사람들은 나와 대화해야 한다는 걸 알고 있었네.

날이 어두워지고 있었네. 멀리 수평선에서 힘을 잃은 석양이 바다에 가라앉으며 붉은빛을 내뿜었지. 석양은 곧 사라지고 부드러운 어둠이 밀려왔네. 그러자 섬은 잠들고 지상에 남아 있는 모든 생물이 일제히 꿈속으로 빠져드는 것 같았지. 희미하게 불고 있던 바람마저 자취를 감춰버리더군. 눈앞에 따개비처럼 따닥따닥 붙어 있는 무언가를 보았네. 그 앞에 이르렀을 때, 그것이 움막이라는 걸 알 수 있었지. 어둠이 섬을 뒤덮고 별이 떴는데도 불을 켠 집이 없더군. 과연 그곳에 사람들이 살고 있을까 하는 의문까지 들었네.

　그들이 나를 데려간 곳은 그 움막 중 한가운데에 있는 집이었네. 다른 움막보다 크고, 지붕이 둥그렇더군. 집을 둘러싼 돌담 안으로 들어갔네. 마당에는 새까만 고목에 무언가가 꿰여 있었지. 그건 상어 머리뼈였네. 크기로 보나 모양으로 보나 고래상어가 확실했지. 벌린 아가리 사이에 톱날 같은 이빨이 박혀 날이 서 있더군. 갈대로 만든 방문이 열리며 한 사람이 기어 나왔지. 그러자 청년 둘이 달려가 그를 부축하더군. 그의 몸이 일으켜 세워졌고 양쪽에 청년을 낀 채 위태롭게 걸어왔네. 상어 머리뼈 앞에 있는 널찍한 의자에 앉자, 심판관이라도 된 듯 위엄이 풍겼지. 그가 고개를 서서히 들었네. 그의 얼굴에 달빛이 들어찼지. 두꺼운 주름이 얼굴을 뒤덮은 노인이더군. 하얀 머리카락은 사자 갈기처럼 얼굴을 둘렀네. 마치 한 구의 시신을 보는 느낌이 들어 섬뜩했지. 그의 눈빛은 지금도 떠올리고 싶지 않은 것이네. 한순간에 내 영혼을 빨아들여서는 그것을 구석구석 들여다본 다음 다시 내뱉을 것 같았지. 그 순간 내 머릿속을 파고든 게 뭔지 아나? 내가 이곳에서 죽음조차 앗지 못할 무언가를 상실하리라는 예감이었네.

그가 힘겹게 팔을 올려 손짓했네. 청년 하나가 방으로 들어가 노트처럼 보이는 것을 가져오더군. 처음엔 그게 뭔가 했는데 알고 보니 내가 적은 수기였네. 그는 청년들에게 내가 모르는 언어로 무슨 말을 늘어놓았지. 그러자 청년들은 그 움막에서 빠져나갔네.

"당신은 누구요?"

그가 내 수기를 뒤적거리며 입을 열었지. 어설픈 영국식 발음의 영어로 말하더군. 영어가 아니었더라도 나는 알아들었을 테지. 항해하며 머물렀던 곳의 수많은 언어를 익혔으니까. 그가 영어로 말했다는 건 영어로 소통하고 싶다는 뜻으로 보였네. 그것이 다행일지 불행일지는 아직 알 수 없었네. 하지만 의문투성이였네. 외딴섬, 원시적인 움막에 살고 있는, 영어를 아는 이 자는 과연 누구일까. 나는 먼저 내 선원들을 봐야겠다고 말했네. 그는 곤란하다며 고개를 가로젓더군.

전에 얘기했듯이 그 섬은 문명과 동떨어진 곳이었네. 또 하나의 이스터섬을 보는 것 같았지. 그곳에서는 문자를 쓰지 않았고 그림 따위도 그리지 않았네. 물론 촌장은 제외였지. 촌장은 문명의 실체를 알고 있었네. 아니 알아야 했네. 촌장에게 주어진 가장 큰 의무는 외부 문명을 차단하는 일이었지. 그 의무를 지키려면 문명 세계의 보편과 질서를 인식해야 했던 걸세. 나중에 알게 된 사실이지만 촌장은 방구석에 박혀 매일 무언가를 적었네. 다른 이들은 그런 기록이 있는지조차 몰랐고 누가 우연히 발견하더라도 내용을 알 도리는 없었겠지. 그게 무엇을 의미하는지 알겠는가? 그들에겐 역사가 없었네. 역사란 오직 촌장만이 지닌 전유물이었지. 다른 이들에게 과거는 간밤에 꾼 꿈 정도에 지나지 않았네.

이렇게 말하니까 원시 종족이 연상되나? 물론 그렇겠지. 하지만 그곳에는 문명사회에서도 보기 힘든 질서가 뿌리박혀 있었네. 몇 가지 금기를 지키기만 한다면 더할 나위 없는 자유를 누릴 수도 있었지. 실제로 그들은 하루 다섯 시간 넘게 일하지 않았네. 나머지 시간에는 낮잠을 자거나 아이들과 노는 정도였지.

어느새 나는 그들의 삶에 동화되었네. 지금까지 살아왔던 내 삶은 모두 한 편의 연극처럼 느껴진 게야. 내 과거는 빈약한 언어로 정리되어 한 권의 책에 묻혀버린 기분이었지. 그곳의 삶은 일분일초가 생생했네. 바람 한 점, 햇살 한 줌이 내 몸에 와 닿을 때마다 전율했네. 그들은 자연과 호흡하고 그것의 일부로 생각하며 살고 있더군. 그들에겐 복잡한 논리를 담은 말이 필요하지 않았네. 말이란 인간과 인간 사이에 존재하는 소통 수단 아닌가. 하지만 그들에겐 인간보다 자연과의 소통이 중요했네. 따라서 논리보다는 표현이 필요했지. 이누이트족의 언어에 대해 혹시 아는가? 그들은 똑같게만 보이는 얼음에도 얼어 있는 정도에 따라 수십 개의 이름을 붙인다네. 카오섬도 마찬가지였네. 파도와 바람과 바다와 태양을 묘사하고 비유하거나 상징할 언어가 발달한 곳이었지. 누구나 시인의 언어로 말했네.

그런 섬이 있다는 게 믿기는가? 그들에겐 서사가 존재하지 않았네. 서사란 대체로 짜임새 있는 전개로 이루어지고 기록되거나 구전될 양식이 필요하지 않은가. 하지만 그들의 삶에 그런 건 없었네.

어느 날, 나는 촌장을 따라 촌장의 움막 뒤에 있는 창고에 가게 되었네. 그 창고는 섬 전체를 아울러 가장 독특한 건물이었지. 돌담으로 쌓은 정육면체처럼 생겼고 태풍이 불어쳐도 꼼짝하지 않을 만큼 육중했지. 그곳에 들어갈 수 있는 사람은 촌장과 샤먼뿐이었네. 경비는 철저했고 감히 그곳에 들어갈 생각을 할 사람도 없었지.

안에는 그림이나 조각물 따위가 늘어서 있었네. 그래. 자네도 홀에서 봤을 테지. 그 샤먼을 조각한 부조는 그곳에서 가져온 것이네. 놀라운 일은 한쪽 벽이 비밀 문처럼 열리면서 벌어졌지. 책이 보였네. 상상이나 할 수 있겠나? 단 몇 권에 불과하더라도 말일세. 슬슬 내 이야기를 믿기 어려운 눈치군. 그럴 테지. 하지만 거기에 책이 있었네. 책이, 있었단 말일세. 촌장의 허락을 받아 그곳을 둘러보았지. 한쪽 구석에서 특이한 노트를 발견했네. 소가죽으로 양장 한 노트였네. 속은 아주 낡았지. 종이를 넘길 때마다 부스러질까 조심스러웠네. 누렇게 변색한 종이에 파란색 잉크로 적은 글자들이 습기에 번져 있더군. 그 속에서 한 영국인 선교사의 서명을 발견했네. 나는 그 노트와 책에 관해 물었네. 촌장은 먼 옛날 지혜의 신이 남긴 것이라고 대답했지. 그 정도를 가지고 내가 놀랄 리가 있겠나. 나도 처음에는 벽을 모두 채운 게 무엇인지 몰랐네. 놀랍게도 그것은 누군가가 손으로 써서 기록한 종이 뭉치였지. 나는 그것이 무슨 필사본이 아닐까, 하고 생각했지. 몇 장을 훑어보던 중에 그런 생각은 달아나 버렸네. 영어로 쓰여 있었는데 내가 읽었던 그 어떤 책에서도 보지 못한 문체와 문장으로 기술되어 있었지. 촌장이 설명하더군. 그것은 대대로 촌장들이 보았던 자연의 모습을 묘사한 것이었네. 그날, 촌장은 내게 한 가지를 명령했지. 그건 내 수기를 영문으로 옮겨 적는 일이었네. 기분이 묘했지. 나도 지혜의 신이 되는 것일까?

어떤가. 내가 꾼 꿈을 이야기하고 있다고 해도 좋고 공상을 지어냈다고 해도 좋네. 하지만 그런 섬이 있다는 사실은 턱수염만으로도 증명할 수 있지. 자네 머릿속에 일종의 유토피아가 그려지지 않는가? 나 역시 그런 착각을 경험했네. 내 선원들이 이미 섬에서 버려졌다는 사실을 알기 전까지만 해도 말이야.

비바람이 거세게 몰아치던 날이었네. 나는 항구에 정박해 놓은 파두아를 걱정했지. 범선에 가보고 싶다는 말에 촌장이 무슨 까닭인지 순순히 허락하더군. 휘몰아치는 비바람이 쉴 새 없이 내 눈을 찔렀고, 검은 하늘을 가르며 번개가 두어 번 번쩍였네. 제대로 걷기도 어려운 내게 그 길은 예루살렘의 성인(聖人)이 상처투성이로 올랐다는 언덕처럼 버거웠지. 나는 지팡이를 짚고 절룩거리며 항구를 향해 걸었네. 파두아에 결코 닿지 못하리라는 생각이 들어 다리는 점점 무거워졌지. 하지만 지쳐 쓰러지더라도 걸어야 했네. 결국 범선이 눈앞에 다가왔지. 다행히 파도를 잘 버텨내고 있었네. 그런데 그것이 텅 비어 있다는 느낌은 지우기 어려웠지. 아니나 다를까 인기척이 전혀 없더군.

범선에 가까이 다가갈수록 한 척의 유령선을 마주하는 기분이었네. 다시 한번 말하지만, 선장은 배의 영혼일세. 나는 단번에 그 범선에 사람이 없다는 걸 직감했지.

범선 안을 둘러볼 것도 없었네. 나는 즉시 촌장의 움막으로 발을 돌렸지. 빗방울은 송곳이 되어 날아들었고 음습한 산이 거대한 망토처럼 펄럭이는 듯했네. 길가 나무들이 정신없이 몸을 흔들며 쇠를 갈는 듯한 소리를 내더군. 나는 왜 선원들이 안전하리라고 생각했던 것일까. 잠시 호흡을 가다듬을 때마다 내 가슴을 얼마나 내리쳤는지 모를 걸세.

예상대로였네. 내 선원들은 노도 돛도 없는 뗏목에 실려 바다에 버려졌네. 그것도 손발이 묶인 채로 말일세. 그날 아침부터 파도가 심상치 않았네. 그 모습을 지켜보던 촌장이 청년들을 시켜 그런 일을 벌이고 만 것이지. 내 선원 모두 고기밥이 되었을 게 뻔했네. 나는 그들을 애도할 여유조차 없었지. 추장이 말을 마치며 희미한 미소를 지었는데, 내게는 그의 얼굴이 뿔을 단 도깨비처럼 보였네.

더는 그들이 인간으로 보이지 않았네. 가슴에 품었던 섬의 평화로운 모습은 말끔히 지워졌지. 그때부터 나는 전혀 모르는 섬에 떨어진 거나 다름없었네. 언제 어디서 습격해 올지 모르는 산짐승이 눈빛을 밝히고, 나무마다 혀를 날름

거리는 독사가 칭칭 감겨 있고, 단잠이라도 취할라치면 온 갖 해충이 얼굴을 덮어 피부를 갉아 먹고, 붉은 눈을 가진 검은 새가 눈알을 쪻으려 달려드는 그런 지옥의 섬 말일세.

한동안 나는 앓아누웠네. 열이 끓었고 정신도 혼몽했지. 파두아는 이제 식물인간이나 다름없는 꼴이었네. 따스한 손길이 끊임없이 내 머리 위를 오갔네. 의식이 들 때마다 눈을 뜨고 그 손의 주인을 바라보았지. 얼굴이 앳돼 보이는 여자였네. 나이는 서른쯤 되었을까.

온갖 생각이 다 들더군. 촌장은 왜 나를 살려둔 건지, 나도 곧 선원들과 같은 신세가 되는 건지, 이 섬에 존재하는 이성이란 무엇인지, 그런 의문들이 번갈아 가며 내 머릿속을 괴롭힌 거야.

며칠이 지나도록 여자는 내 곁에서 돌보았고 나는 회복되었네. 이상한 일이었지. 그동안 내 마음에 끓고 있던 증오와 두려움은 더 이상 일지 않더군. 과거의 기억이 덧없어졌네. 순간순간의 현실에 충실하게 된 나를 발견하게 되었지. 촌장에 대한 원망은 눈 녹듯 사라지고 말았네. 어차피 선원들을 그 상황까지 몰고 온 건 나 자신 아니었겠나. 촌장이 가진 모든 사고방식이 내게 전이(轉移)되는 것 같았지. 그것은 일종의 동업자끼리 느끼는 동감처럼 다가왔네.

촌장이 카오섬이라는 거대한 배의 선장처럼 보인 게지.

인간과 동물의 차이점을 한마디로 뭐라고 할 수 있겠나. 나라면 그 질문에 대해 '선택'이라고 대답하겠네. 끝없는 선택의 갈림길을 마주해야 하는 운명이 인간의 삶인 걸세. 하지만 그 섬의 주민들에게 선택이란 낱말은 존재하지 않았어. 선택의 의무와 그에 따른 책임의 고통은 모두 촌장의 몫이었지. 범선을 지휘하는 선장 역시 그것과 비슷한 처지라네.

그렇네. 나는 솔직히 촌장을 동경하고 있었던 걸세. 그 섬에서는 촌장의 후계자로 지명되면 어려서부터 이른바 촌장 수업을 받는 모양이더군. 그 상자 같은 창고에 처박혀 대대로 이어진 촌장들의 깨달음을 이해하며 갈고닦아야 했어. 후계자가 진리를 깨우치는 건 어렵지 않았지. 왜냐고? 세상은 그 섬과 섬을 둘러싼 바다가 전부였고 섬사람 모두 단순한 삶을 살았으니까. 기록된 세계는 추상으로 인식할 뿐, 의문을 가질 필요는 없었지. 대상이 축소될수록 진리는 간명해지는 법 아닌가.

촌장의 고독은 이루 말할 수 없는 것이었네. 그가 아는 그 어떤 사실도 자신의 마음속에 삭혀야 할 것이었고, 종국에 내릴 수 있는 판단은 그들이 스스로 정한 율법에 따를 뿐이었네. 그것은 구도자의 모습이요, 섬에 발생하는 모든 고통을 떠맡은 자의 모습이었지.

내게는 그 섬이 마치 하나의 커다란 유기체처럼 보였네. 하지만 동시에 시신을 보는 느낌이기도 했지. 무슨 뜻인지 의문인가? 유기체라면 탄생, 성장, 소멸의 과정을 거쳐야 하네. 하지만 그 섬에는 그런 과정이 없었지. 오직 숨만 쉴 뿐이었네. 영원히 잠들어 스스로는 움직일 수 없는 육신처럼 말일세.

촌장은 내게 말했네. "당신이 이곳에 거주하기를 원하오. 하지만 그러기 위해서는 이곳 여인과 혼인해야 하오." 촌장이 지목한 내 혼인 상대가 누군지는 뻔했지. 나를 돌보던 여자였네. 내가 무언가를 선택할 권한이 있었겠나. 나는 선장의 말이 제안이 아닌 강요라는 걸 알고 있었네. 순순히 그의 말을 따랐지.

나와 결혼한 여자는 미망인이더군. 아이가 하나 있었네. 열 살쯤 먹어 보였는데 무슨 큰 충격을 경험했는지 좀처럼 말이 없었지. 그 아이가 바로 호아라네. 그 아이가 어떻게 여기까지 오게 되었는지 먼저 말해야겠군. 내가 샤먼의 집에서 턱수염을 만난 날이었네. 밤마다 집을 나서는 나를 수상히 여긴 아내가 아마도 몰래 내 뒤를 밟은 모양일세.

그러고는 턱수염과 나누었던 대화를 엿들었겠지. 아내는 집으로 돌아가 호아를 파두아의 선실에 숨겨두었던 거야. 나는 그 사실을 전혀 몰랐네.

어떤가. 그녀와 결혼한 뒤로 그 섬에서 내 삶이 어땠을 것 같은가. 촌장은 왜 나를 살려두었는지 아직도 의문이 들지 않나? 결론부터 말하자면 촌장은 곤란에 빠졌던 것일세. 후계자로 지목한 소년이 성인이 되자 섬에서 탈출하고 말았지. 말할 것도 없이 그가 바로 턱수염일세.

차츰 촌장의 의도가 드러나기 시작했네. 나는 그가 자신을 대체할 후계자로 나를 염두에 둔 것이리니 생각했지. 나는 그제야 촌장의 목숨이 얼마 남지 않았다는 사실을 직감했네. 그런데 왜 그동안 다른 후계자를 키우지 않았던 것일까. 거기에는 복잡한 사정이 숨어 있었네. 아니 사정이 아니라 촌장에게 그릇된 생각이 있었다고 해야 할까.

이보게, 욕망하는 인간이 지닌 최상의 지혜는 무엇이겠는가. 그것은 영생불사의 지혜가 아니겠나. 인간의 복잡다단한 욕망을 한마디로 정리하자면 그것은 영원한 삶일세. 물론 그러한 욕망을 이루는 건 불가능하네. 하지만 이렇게 한번 가정해 보게. 지구라는 행성 자체가 하나의 거대한 생명체라고 말이야. 비약적인 상상이라고 깎아내리지 말게. 인간 또한 개체로서는 작은 생태계와 다름없으니 말이네. 인간의 피부는 작은 벌레들이 살기 좋은 환경이고 내장마다 세균들이 바글바글 서식하고 있지. 각종 바이러스와 기생충, 장내 효모까지도 인간의 일부라네. 때로는 백신 바이러스를 인위적으로 주입하기도 하지. 그런 존재들을 배제한 인간을 완전한 개체로 보긴 어렵네. 아니, 생존 자체가 불가능하지.

인간을 확대해 보세. 이제부터 상상력이 필요하네. 일부 과학자는 지구가 우주를 헤엄치는 하나의 개체나 다름없다고 주장했지. 그런 관점으로 보면, 지구는 38억 년 전 최초의 생명이 탄생한 뒤로 지금까지 생물학적으로 성장해 온 셈이네. 그렇다면 지구의 노화는? 이미 시작되었을까 아니면 앞으로 벌어질 일일까. 마지막 난제를 던지겠네. 지구가 생명체라면 언제까지 그 생명을 유지할 수 있겠는가. 모든 생명체가 절멸하는 시기? 하지만 그런 게 가능할까?

내가 그 섬을 하나의 유기체로 보았다고 말했던가? 그것은 내 생각이나 상상만은 아니었네. 촌장의 깨달음이기도 했네. 그런데 그 유기체의 두뇌라 할 수 있는 촌장은 스스로 무언가에 쫓기고 있었지. 그것은 진화였네. 카오섬이 진화하려 꿈틀거리고 있었단 말일세. 촌장이 겪는 곤란은 그것이 원인이었네. 몸은 진화하는데 두뇌가 바뀌지 않는 다면 어떤 일이 벌어질지 그로서는 알 수 없었네. 그는 죽음을 두려워하고 있었네. 아니 그의 죽음 이후에 닥칠지 모르는 섬의 혼란과 파국을 두려워했지.

　우리는 그렇게 동업자가 된 걸세. 나는 촌장의 뜻을 받아들여야 했지. 여러 번 말했지만, 그 섬에 표류한 순간부터 내게 다른 길은 존재하지 않았네. 솔직히 두려웠지. 이제 영원히 깨어나지 못할 악몽 속으로 빠져들 거라는 생각이 나를 사로잡았네. 촌장을 볼 때마다 영혼만 걸친 껍데기와 마주하는 느낌이었고 그건 바로 미래의 내 모습이라는 생각에서 벗어나질 못한 거야. 공포, 떨림, 끝없는 어둠, 깊이를 알 수 없는 고뇌. 이런 것들이 곧 모래 한 줌처럼 느껴지리라는 예감이었지. 그런 인간이 되어야 한다고 생각하니 이성적인 사고가 멈춰버렸네. 이제 곧 내 육신은 촌장의 영혼을 받아들일 그림자가 되고 말 운명이었지. 내 몸에 어두운 피가 끓기 시작했네.

　나는 새롭게 태어나고 있었네. 신성하고 거룩해야 할 그 탄생은 그러나 잔혹에 가까웠지. 나는 태초의 생명으로 돌아간 기분이었고 그런 열악한 환경에서 살아나가야 할 운명을 받아들이게 되더군. 어렵지는 않았네. 인간이 문명에 의지할수록 감각기관은 퇴화한다는 사실을 이미 깨닫고 있었으니까. 나는 태초의 생명이 가진 초월적 힘을 경험했네. 그 혹독한 환경을 극복해 낼 힘을 말일세. 그러나 그것은 지금까지 겪어왔던 것과는 차원이 다른 두려운 일로 다가올 게 분명했지.

그런 생각을 증명해 준 건 하나의 사건이었네. 대개 사건은 주목할 만한 뜻밖의 일에 대한 객관적 인식이기에 자신이 접하는 일상은 사건이 되기 어렵지. 하지만 외지인인 내게는 그 섬에서 벌어지는 삶 하나하나가 모두 사건이라 칭할 만한 것 아닌가. 물론 그들에겐 그것이 일상이었네.

얼마 지나지 않아 묵직한 태풍이 그 섬을 난도질하고 물러갔네. 사실 그들의 시각으로 보면 태풍은 두려워해야 할 대상이 아니었네. 언제든 다가와 섬을 헤집어 놓고 죽음의 잔치를 벌이고 가더라도 그들은 그 비극을 당연한 삶의 일부로 받아들였지. 그런데 바다가 좀처럼 수그러들지 않았네. 한 달이 넘도록 난폭한 입을 벌리며 언제든 섬을 삼킬 듯 으르렁거린 거야. 배를 띄울 수도 없었지. 그들은 항상 필요한 만큼만 고기를 잡았기에 비축해 둔 식량이라고는 얼마 되지 않았네. 그렇다고 그들이 굶어 죽을 처지에 놓인 건 아니었지. 산에는 나무마다 열매가 가득했고 평소에는 금기지만 사냥할 짐승도 많았다네.

"때가 왔다오."

촌장이 나를 불러 얘기했네. 그 사건이 벌어지기 하루 전 깊은 밤이었지. 촌장의 목소리는 낮게 가라앉아 있었고 굳게 닫은 입술은 미미하게 떨리고 있었네.

"내일 제의를 드릴 것이오. 이것은 매우 중요한 일이 될 것이오. 당신에게도, 그리고 나에게도 말이오."

그는 그렇게 말하며 눈을 감았는데 그것은 체념하는 자의 모습도, 갈등하는 자의 모습도 아니었지.

그 밤이 지나면 아홉 성처녀가 바다의 제물로 바쳐질 거라고 했네. 그것은 대대로 이어진 풍습이며 그 섬이 잠들지 않기 위해 기지개를 켜는 것과 같다고 했지. 그 말을 들었을 때 내 심정이 어땠을까. 의외로 나는 당황하지 않았고 두려움에 젖지도 않았네. 그건 자네도 그 섬에서 나와 같은 처지가 되어 몇 달만 머물면 깨달을 일이지. 내 마음속에 일고 있는 것은 호기심이었네.

"그건 끔찍한 일로 보이는군요."

내가 말했네. 그러자 촌장은 허옇게 뜬 눈으로 나를 바라보며 되묻더군.

"끔찍한 일? 끔찍한 일이라고 했소?"

그의 말에는 나에게 실망했다는 어조가 담겨 있었네. 당혹스럽더군. 나는 얼굴에 스미는 긴장을 감춰야 했네.

"이 평화로운 섬에서 산 사람을 제물로 바치는 건 앞뒤가 맞지 않는 일이라고 생각했죠."

그는 내 말을 듣고는 조금 웃었는데 점점 더 실망스럽다는 표정이었지.

"당신이 쓴 글에는 별의별 일이 다 있지 않소. 재물 때문에 배신이나 살인을 벌이기도 하고 어떤 곳에서는 전쟁까지 벌어지더군. 그것이야말로 끔찍한 일이 아니오?"

솔직히 그 말을 듣고 부끄럽기까지 했네. 우리가 야만인이라고 부르는 사람들의 눈에는 문명인이 얼마나 야만적이고 비인간적으로 보일까 하는 생각이 들었던 게야. 하지만 나는 호기심을 감추지 못하고 질문을 던졌지.

"처녀들을 제물로 바친다고 바다가 진정될 것 같습니까?"

그는 다시 눈을 감고 무언가를 생각했는데 왠지 그의 머릿속에 제물로 바쳐질 처녀들의 모습이 흐르고 있을 것 같았지. 그가 눈을 뜨고 나를 바라보았는데 십여 초가 지나도록 눈을 깜빡이지 않더군.

"그것은 상관없는 일이오. 우리는 그렇게 해왔고 그러지 않으면 이 섬은 더 큰 나락에 빠질 것이오."

그는 그렇게 대답했네.

희생되어야 할 사람을 죽이는 건 죄악일세. 희생물이란 성스럽기 때문이지. 하지만 그자는 죽임을 당하지 않으면 성스러울 수 없는 법이네. 이것이 희생 제의가 벗어날 수 없는 역설이지. 그렇다면 그들이 원했던 성스러움은 무슨 필요 때문일까. 나는 다음 날이면 희생될 처녀들의 비극에 대해 무관심해지고 있었네. 나를 옭아맨 것은 오로지 호기심이었지. 물론 해답을 찾기가 어렵지는 않았네. 욕구불만의 폭력은 항상 대체용 희생물을 찾는 법 아닌가. 그 섬사람들이라고 해서 왜 그런 불만이 없겠나. 그것을 잠재울 수단이 처녀들의 희생인 거지. 물론 그렇게만 생각할 일은 아니네. 이스터섬의 교훈을 상기해 보게.

인간은 자기중심적이고 오만한 동물이기에 인간의 관점에서 벗어나기가 어렵네. 이스터섬은 몰락한 게 아닐세. 몰락한 건 인간일 뿐, 대부분의 생태계는 유지되고 있지 않았나. 이스터섬이 몰락했다면 그것은 오염되었기 때문이지. 오염. 그것 역시 인간의 관점으로는 파악할 수 없는 일이네. 바다에 기름이 떠다니고 매연이 하늘을 뒤덮는 걸 오염이라고 생각한다면 그것은 지극히 인간의 얕은 관점에 불과하지. 이스터섬의 오염물은 인간이었네. 인간이 급

속도로 증가하자 오염이 극에 다다른 상황이었던 셈일세. 카오섬 촌장들은 영리했지. 하필이면 왜 처녀들을 희생시키는 걸까. 어려운 질문은 아닐세. 인구 증가를 막기 위한 가장 효율적인 수단이 뭐겠는가.

나는 밤새 잠들지 못했고 뜬눈으로 아침을 맞았네. 아내는 일찍 일어나 옷을 단정하게 입었는데 평소와 달리 거의 말이 없었지. 나는 덧창을 열고 밖을 바라보았네. 바람도 파도도 잦아 있었지. 먹구름 사이로 태양이 잠시 얼굴을 내미는가 싶더니 곧 사라져 버리더군. 밖으로 나가 둘러보았네. 섬이 숨을 죽이고 있다는 걸 느꼈지. 산도 바다도 하늘도 검은색으로 덧칠되어 있었네. 다시 태양이 먹구름을 뚫고 나타났는데 그것이 뿜어내는 광선조차 검어 보였네. 태양은 남은 숨을 모두 토한 듯 시커먼 구름 뒤로 사라졌고 두 번 다시 나타날 기미가 없었네. 다시 바람이 불기 시작하더군. 그러더니 우박 같은 빗방울이 우두둑 떨어져 내렸네.

나는 집으로 돌아가 아침을 먹고 누웠지. 무력한 내 심신을 깨운 건 북소리였네. 항구 쪽에서 나고 있었는데 비바람과 파도 소리를 삼키는 묵직하고 깊은 울림이었지. 한 청년이 찾아와 내게 항구로 나오라고 하더군. 문을 열고 나서자, 마을 입구부터 항구까지 일렬로 늘어선 사람들이 보였네. 그들은 각자 횃불을 하나씩 들고 있었지. 나는 마을 입구까지 걸어갔네. 촌장과 샤먼이 길을 막고 서 있더군. 촌장은 기다렸다는 듯이 내 손을 잡아주었지. 우리 셋은 항구를 향해 걸었네. 치켜든 횃불 아래로 망령처럼 창백한 얼굴이 하나씩 지나갔지. 눈빛을 죽인 얼굴이었네. 그들의 호흡이 차례로 내 가슴에 와닿는 듯했지. 이제 나는 심연으로 가는 문을 열고 만 것이네. 눈앞에 보이는 것은 뭐든 먹빛을 띠었고 평면에 그려진 실루엣처럼 아른거렸지. 항구까지의 그 길은 내가 평생 걸어왔던 길보다 길게 느껴졌고, 그 길의 끝에는 무언가의 정수(精髓)가 기다리고 있을 것 같았네.

항구에서 기다리고 있는 것은 배 한 척이었네. 바닥이 평평한 배였는데 검붉은 색깔의 꽃이 가득 채워져 있었지. 북소리가 점점 매섭고 빠르게 울렸네. 멀리 마을 입구에서 한 줄로 선 무리가 다가오기 시작하더군. 제물이 될 처녀들이었지. 횃불에 비친 그들의 얼굴엔 아무런 표정이 없었네. 흰 꽃으로 엮은 관을 머리에 쓰고 몸에는 아무것도 걸치지 않았지. 모두 혼기가 찬 나이였고 아름다운 몸매를 가지고 있었네. 검은 피부는 매끄러웠고 윤이 나기도 했지. 그녀들은 이 수묵화 같은 풍경에서 유일하게 입체적인 모습을 띠었네.

막상 처녀들이 나를 향해 다가왔을 땐 어떻게든 그곳을 벗어나고 싶었네. 그러나 조금도 움직일 수 없더군. 가위에 눌린 기분이었지. 굳은 입술로 닫은 입이 열리지 않았네. 샤먼이 처녀들에게 다가가 가루를 뿌렸는데 매캐한 향이 습한 공기를 타고 퍼져나갔네. 향을 진동시키며 처녀들이 촌장 앞에 무릎 꿇었지. 촌장이 한 명씩 머리 위에 손을 얹는 동안 샤먼은 주문을 읊기 시작했네. 그게 내게는 최면을 거는 암시라도 되었는지 떨리던 손이 진정되고 마음이 가라앉더군.

처녀들이 차례로 배에 오르며 꽃 위에 누웠네. 그 순간, 어둠은 정점을 향해 짙어지고 그럴수록 처녀들의 얼굴과 몸은 어스름한 빛에 감싸였네. 그 장면은, 적어도 그 장면만큼은 내게 관능을 불러일으키는 것이었지. 비에 씻기고 신성한 향기로 정화된, 세상에서 가장 순수하고 고귀한 처녀들을 보고 있었던 것일세. 그때 내가 느낀 건 결핍이었네. 알곡은 전부 그 배에 실리고, 남은 자들은 껍데기에 불과하리라는 생각이 든 거야. 결핍은 욕망을 부르네. 나는 그 어느 때보다 강한 성욕을 느꼈네. 그대로 처녀들의 품에 뛰어들고 싶었지. 물론 죽음을 감수하고서라도 말이네.

북소리가 멈추었고 샤먼이 피리를 불기 시작했네. 피리 소리는 한 마리 맹수의 울음이나 다름없었고 사람들의 긴장을 일시에 휩쓸어 버렸지. 나는 섬사람들의 모든 근심과 분노와 두려움이 한데 모여 처녀들의 배에 실리는 걸 느꼈네.

순간, 샤먼이 피리를 던지며 몸을 떨기 시작했네. 그의 머리 위에 뼈다귀로 장식한 모자가 덜컥거리며 묘한 리듬을 탔지. 치켜뜬 눈에 동공이 사라지고 흰자위만 남아 빠르게 흔들리자, 사람들이 일제히 엎드리더군. 샤먼은 손을 떨며 장도(長刀)를 뽑아 촌장에게 건네었네. 촌장은 그 장도를 다시 내게 넘겼고 배에 묶인 밧줄을 가리켰지. 그 순간 나는 깨달았네. 희생물을 내 손으로 처리하는 것, 그것은 내게 모든 권력을 승계하는 작업이었지. 나는 이미 정신이 나가 아무 생각도 떠올리지 못했네. 만일 제정신이었다면 그 칼로 샤먼의 목을 베고 촌장에게 칼날을 들이댔겠지. 하지만 나는 단번에 밧줄을 내리쳤고 그 순간 내 심장 속으로 무언가가 파고들더군. 그것은 섬을 움켜쥔 권력이었네. 깊이를 가늠하기 어려운 어두운 권력이었지.

가슴에 숨어 있는 악마와 마주해 본 적이 있나? 그리고 그 악마가 반박하기 어려운 합리로 무장한 걸 본 적이 있나? 아마도 나는 그 순간 그런 내 안의 악마를 만났던 걸세. 그 악마가 내미는 손을 나는 순순히 맞잡고 악수했지. 생각해 보면 문명이 싹튼 이래로 인구는 줄지 않았네. 지구가 인간이라는 오염물에 죽어간다는 건 틀린 생각이 아니지. 인구수를 줄이는 것은 전쟁이나 재해나 전염병 따위인데 그것은 우리가 흔히 말하는 끔찍한 사건들 아니겠나. 그에 비해 그 섬의 성스럽고 질서를 갖춘 희생은 얼마나 숭고한 것인가.

처녀들을 제물로 바치고 사흘이 지났는데도 바다는 여전히 사나웠네. 그렇다고 섬사람들이 동요하거나 하진 않았지. 바다. 그들이 바다의 흉포한 모습을 통해 본 것은 무엇일까. 그것은 새롭게 탄생하기 위한 고통의 몸부림이자 정화를 위한 뒤섞임은 아니었을까. 놀랍게도 그런 과정이 내 몸에도 일고 있었네. 그 사흘간 나는 심하게 앓았지. 내 평생 그렇게 지독한 고통은 처음이었네. 내장이 뒤섞이며 제자리를 잡지 못했고 살갗은 경련을 일으키며 뼈를 죄었지. 처녀들의 환영이 내 영혼을 뒤흔들고 만 걸세.

나흘째가 되자 바다가 잠잠해졌네. 수직으로 솟은 커다란 구름을 뚫고 광선 몇 가닥이 뻗어 나온 아침이었지. 고통이 모두 빠져나갔는지 몸이 개운했네. 나는 산 정상으로 올라갔지. 구름이 걷히며 태양이 머리 위에서 빛을 내뿜더군. 내 몸이 구석구석 빛에 반응하면서 새로 거듭나고 있었네. 그때 느낀 오묘함이란…….

나는 다른 인간으로 다시 태어났다고 생각했네. 내 모든 고통과 번뇌도 치유됐다고 생각했지. 그것이 내 오산이었어. 대체 고통조차 느끼지 못하는 인간이라는 게 가능한 것인가. 앞서 말했듯, 무언가를 상실할 거란 예감이 맞아떨어진 걸세. 이제 내 앞에 펼쳐진 그 섬은 자체로서 무언가를 규정하고 있었고 촘촘한 인과관계로 짜여 있었지. 내가 인식할 필요가 없는 것들로 말일세. 숨을 쉬고 심장을 뛰게 하며 피를 순환시키는 것과 같았네. 그런 작용을 두뇌가 일일이 명령할 필요는 없잖은가. 섬은 전능에 가까운 완전체로 다가왔네. 어떤 의문의 화살을 날려도 꽂히지 않을 철옹성처럼 말일세. 폐쇄적이지만 내부로는 완벽한 것이었지. 내게는 모든 감정과 행동이 무의미했고 필요한 건 오직 선택뿐이었네. 그 선택이 가능해졌다는 건 촌장과 대등한 위치에 올랐음을 뜻하지.

그 뒤로 내 삶은 무언가를 선택하는 것으로 채워졌네. 그 과정에서 마음은 서늘한 고목처럼 굳어버렸지. 나 역시 무언가로 규정되어 있었고 그것이 나의 완전성을 담보한 걸세. 하지만 내가 내려야 할 선택이 내가 옳다고 생각한 방향이었을까? 글쎄. 어쩌면 이미 내려진 답에 동그라미를 치는 일과 같았네. 어떻게 보면 편리한 삶이라 할 수도 있겠지. 하지만 아니었어.

두려운 상황을 마주하고도 두려움에 떨지 않는 것처럼 무서운 건 없다네. 자신의 마음속에 이는 충동을 실행으로 옮겨도 처벌받지 않는 인간을 떠올려 보게. 언제든 누군가의 얼굴 가죽을 벗겨버리거나 목구멍에 칼을 쑤셔 넣는 것이 가능한 인간 말일세. 나는 차츰 한 마리 괴물이 되어 가는 나 자신을 덤덤히 지켜봐야 했네. 울음도 웃음도 지닐 수 없는 존재나 다름없었지.

하루는 샤먼이 나를 찾아와 쉰 목소리로 말했네.

"폭력은 또 다른 폭력을 낳습니다. 그것을 막는 방법은 폭력을 행한 사람이 자신에게 가장 소중한 것을 스스로 내어놓는 길뿐입니다."

내 아이 호아의 피로 나 자신을 정화하라는 말이었지. 물론 그것은 폭력에 희생된 사람의 불만을 잠재우기 위한 것이었네. 발생할 수 있는 상호적 폭력을 그것으로써 마감하라는 얘기였지. 이곳에서 촌장이 세습되지 않고 지명되는 이유를 깨닫는 순간이었네.

다행히도 나는 그때부터 샤먼의 최면에서 깨어나게 되었네. 잠들었던 정상적 감정이 하나씩 되살아나며 끔찍했던 이상심리에서 해방되었지. 그제야 야만의 모습으로 가득한 섬의 본질을 깨닫고 내 이성에 근거한 판단을 내릴 수 있었네. 방법은 하나뿐이었지. 샤먼의 숨통을 끊고 야만의 사회를 종결짓는 것, 그것이 나의 마지막 결론이었네. 섬에서 겪어야 할 혼란을 생각해 보지 않은 건 아니었지. 촌장이 말한 '정말로 끔찍한 일'들이 눈앞에 그려지더군. 하지만 그것 또한 그 섬이라는 유기체가 언젠가는 맞이해야 할 진화의 진통이라고 애써 합리화했네.

　밤마다 샤먼의 집으로 갔네. 잠들어 있는 샤먼의 목을 향해 두 손을 뻗었지. 눈을 뜬 채 잠든 샤먼은 그 섬뜩한 눈으로 내게 메시지를 전하려는 듯했네. 의외로 그것은 살고 싶다는 외침일 것 같았지. 그는 매일 밤 찾아올지 모르는 죽음이 두려워 눈을 뜨고 잤던 걸까. 나는 그의 목을 두 손으로 감았지만, 힘을 주지 못했네.

　그렇게 매번 돌아서야 했네. 그러면서도 다음 날 밤이면 또다시 샤먼의 집으로 향했지. 실패하리라는 것을 뻔히 알고서도 말일세. 그러다가 턱수염을 만나게 된 것이지.

　2차 항해를 시작할 때 나는 상식적이지 않은 방법으로

선원을 모집했네. 나는 파두아와 함께 어둠의 항해를 할 수밖에 없는 운명을 감지한 게야. 파두아의 영혼은 파두아를 이끌기엔 이미 혼탁했지.

아니나 다를까 우리의 항해는 가는 곳마다 험난한 장애물로 가득했네. 나는 죽을 때까지 카오섬의 저주에서 벗어나지 못하리라는 걸 깨달았지. 작은 파도와 바람에서조차 아홉 처녀의 망령을 보았으니까. 그들이 왜 나를 놓아주지 않았겠나. 결국 그들이 원한 것은 단 하나, 호아였네.

지난 한 달간 이곳에서 표류하며 끝없이 고민했네. 마침내 내가 해야 할 일이 무엇인지 확신했지. 파두아를 다시 움직이려면 그게 유일한 방법이었네.

자네 관점으로는 끔찍한 범죄 행위로 보이겠지. 하지만 나는 파두아의 숨을 잇기 위해 썩어 있는 팔을 벤 것이나 다름없네. 그 처녀들에 대한 내 속죄 행위이기도 하지. 카오섬에서는 그런 일이 일상이었네.

아직도 내가 괴물로 보이나? 여보게. 세상에서 정말로 끔찍한 일이 하나 있는데 그것은 인간이 하나같이 자신이 옳다고 생각하는 걸세. 누구나 자신의 관점으로만 세상을 바라보려 하지. 태풍이 휘몰아쳐 육지를 휩쓸거나, 땅이 진동하며 갈라져 검은 입을 벌리거나, 산이 용암을 내

뿜어 지상을 뒤덮을 때 우리는 그것을 재앙으로 여기지 않나. 하지만 그것은 인간의 관점이며 인간의 재앙에 불과하네. 지구라는 거대 생명체의 관점으로 보면 그러한 재앙은 가벼운 딸꾹질에 불과하지. 하루살이를 생각해 보게. 단하루라는 삶의 여정에서 해 질 녘은 종말의 시작이네. 서서히 빛이 소멸해 가면 하루살이는 세상의 본질이 어둠임을 깨닫게 되지. 그 공포와 혼란과 절망에 굴복하며 암흑을 맞아야 하네. 하지만 하루살이의 재앙인 해 질 녘은 인간에겐 일상일 뿐이네.

VI.
관(管)벌레

─────── 독립된 생명체란 얼마나 불완전한가. 태양이 없으면 생
태계가 무너지듯 생명체의 본질은 의존이다. 저 깊은 바다 절대 어
둠까지 생태계는 지구의 전일적 관계로 유지되고 있다. 나란 존재
를 결정하는 것은 어쩌면 내 의식이 아니라 내가 종속된 환경일지
모른다.

- 김 대위의 노트 '검은 바다' 中

1

한층 매서워진 바람이 갑판 위로 불어와 기이한 소리를 울렸다. 선장실에서 나온 강 중위는 퍼붓는 빗방울에 몸을 맡겼다. 선장의 말대로 지구가 하나의 커다란 생명체라면, 일개 인간이 품고 있는 고통은 아무것도 아니다. 지구가 품은 '영원한 삶'이라는 욕망 아래에서는 그 누구라 할지라도 언제든 희생양이 될 운명을 벗어나지 못한다.

돌덩이처럼 서 있는 그를 향해 윤 박사가 다가왔다. 그는 주머니에서 무언가를 꺼내더니 강 중위의 눈앞에 내밀었다. 열쇠였다.

"마리를 돌봐주시겠어요?"

윤 박사는 어두운 낯빛으로 말했다. 강 중위는 손을 내밀었다. 윤 박사가 악수하듯 열쇠를 건넸다. 강 중위는 손바닥 위에 놓인 열쇠를 바라보다가 주먹을 쥐었다.

마리의 방에 이르러 열쇠를 꽂고 문을 열었다. 마리는 가쁜 숨을 쉬고 있었다. 그녀는 눈을 반쯤 뜨고 있었지만, 강 중위의 시선을 외면했다. 간간이 천둥소리가 들렸다. 그때마다 그녀는 몸을 움츠리며 떨었다.

"박사님을 불러오는 게 좋겠습니다."

강 중위가 자리를 뜨려고 하자 그녀는 고개를 흔들었다.

"소용없어요. 이미 살펴보고 간 걸요. 호아를 불러주세요. 오후부터 보이지 않았어요."

강 중위는 뜨끔했다. 마리가 그 일을 모르고 있으리라고는 생각 못 했다. 그는 한동안 궁리했다. 그녀에게 거짓말을 해야 했다. 하지만 대충 넘겨버릴 마땅한 말이 떠오르지 않았다.

"내일 헬기가 오더라도 저는 돌아가지 않을 겁니다. 이 배에 남기로 했습니다."

강 중위는 말을 더듬으며 관심을 돌려보려 했다. 그러자 마리가 그를 노려봤다.

"무슨 일이 있는 거죠? 그렇죠?"

"일은 제게 있었습니다."

"시끄러워요. 당장 호아를 데려오세요. 당장."

강 중위는 입술을 깨물었다. 이제는 어쩔 수 없었다. 그가 파두아의 논리를 받아들인 건 조금 전의 일이었다. 그에 반해 마리는 이 년이 넘는 시간 동안 적응해 오지 않았던가.

"호아는 여기에 없습니다."

"여기에 없다니, 그 어린것이 어디로 갔단 말이죠?"

"보트를 타고……."

강 중위는 말을 잇지 못했다. 마리는 눈에 힘을 주며 날카로운 시선을 던졌다.

"누구랑 갔단 말인가요?"

"그게……."

갑자기 그녀가 눈을 부라리며 몸을 일으켰다.

"설마, 혼자서 갔다는 말은 아니겠죠?"

강 중위는 대답 대신 고개 숙여 한숨을 쉬었다. 마리가 웃기 시작했다. 어딘가 부자연스러운 그 웃음에서 서늘한 경멸이 섞여 나왔다. 자신을 자책하는 투로 중얼거리기도 했다. 뒤이어 그녀의 몸이 뒤틀리기 시작했다. 내젓는 손이 탁자를 쓸었고 그 바람에 유리잔이 깨지며 파편을 날렸다. 강 중위는 그녀의 두 어깨를 잡고 진정시키려 했다. 그녀는 사납게 몸을 흔들었고 강 중위를 밀쳐냈다. 얼굴이 심하게 일그러졌고, 팔다리가 제각각 움직이며 허공을 저었다. 마치 덫에 걸려 발악하는 고라니 같았다. 강 중위는 윤 박사를 데려와야겠다고 판단했다. 선실에서 나와 갑판을 향해 뛰었다.

장대비가 바람을 타며 사선으로 퍼부었다. 장이 뒷돛대 꼭대기에서 돛을 팽팽히 당겼고 턱수염은 그 아래에서 난간 핀 레일에 밧줄을 묶고 있었다. 윤 박사는 보이지 않았다. 강 중위는 턱수염에게 다가가 윤 박사가 어디에 있느냐고 물었다. 턱수염은 선장실을 턱으로 가리켰다.

선장실 앞에 도착했을 때, 날카로운 두 목소리가 서로 맞서며 선장실을 울렸다. 서로 고함을 지르거나 책상을 내리치는 소리도 났다. 강 중위는 노크도 없이 문을 열어젖혔다. 흥분으로 달아오른 두 남자의 얼굴이 그를 향했다. 그들 뒤로 엎어져 있는 책상과 의자, 바닥에 흩어져 나뒹구는 서류 종이가 보였다. 마리가 발작을 일으켰습니다, 하고 강 중위가 말했다. 윤 박사가 밖으로 나왔다.

그때였다. 이물 쪽에서 강렬한 눈빛이 선장실을 향해 다가왔다. 도깨비불을 보는 것 같았다. 그것을 본 장과 턱수염은 손을 놓고 멍한 표정을 지었다. 눈빛은 주 돛대 아래에서 멈추었다. 마리였다. 속옷만 걸친 차림으로 비에 젖은 꼴이 처참했다. 머리칼이 얼굴에 달라붙어 물귀신을 연상시켰다. 그녀의 눈이 희번덕거렸다. 머리카락 사이를 뚫고 내뿜는 눈빛은 이글거리기까지 했다. 그것은 강 중위와 윤 박사를 지나 선장실 안에 서 있는 선장을 향했다. 그녀가 한동안 꿈쩍도 하지 않고 서 있자 갑판 위로 긴장이 엄습해 모든 걸 정지시켰다. 아무도 입을 떼지 못했고 숨조차 죽여야 했다. 마침내 그 눈빛이 사그라지는가 싶더니 감은 눈꺼풀 속으로 사라졌다. 그녀는 그대로 갑판 위에 쓰러졌다.

2

"기구한 운명이지요."

마리를 살피고 입을 연 윤 박사는 술병을 만지작거리기만 할 뿐, 입에 대지 않았다. 마리는 창백하다 못해 푸른빛을 띤 얼굴로 의식을 잃은 상태였다.

"박 대령이란 분이 마리의 아버지라고 했죠?"

윤 박사는 시선을 마리의 얼굴에 둔 채 물었다. 강 중위는 고개를 끄덕였다. 그러고는 되물었다.

"마리는 왜 이 범선을 탔습니까? 왜 대령님한테 돌아가지 않으려는 겁니까?"

윤 박사는 한동안 말이 없었다. 그런 그를 강 중위는 보채지 않았다. 그렇게 침묵이 이어졌고 그것의 무게로 선실이 얼어버릴 것 같았다. 냉랭한 흐름을 먼저 깨뜨린 사람은 윤 박사였다.

"마리는 제 마지막 환자였어요."

그는 안경을 벗어 접고는 손에 쥐었다. 애정 어린 눈으로 마리를 바라보는 모습이 진지했다.

"처음엔 저도 마리에게 정신분석 프로그램을 권할 생각은 없었어요. 그저 관찰하고 싶었을 뿐이죠. 그런데 항해하는 동안 범선은 고립된 곳이었고, 어차피 돌아갈 곳은 없다는 생각에 욕심이 일었던 거죠."

윤 박사는 결국 술병을 들고 입에 술을 약간 부었는데, 말라 있는 입을 충분히 적시려는 듯 입속에서 오물거리다가 삼켰다.

"따져보면, 이 배는 희생자들의 집합소와 같았죠. 뱃사람들의 미신 탓에 원양 어선에서 버려진 장이나 악기가 금지된 땅에서 이단아가 된 턱수염처럼 말이죠. 다른 선원들도 그랬습니다. 나 역시도 학계에서 버림받은 몸이었죠. 선장은 선원을 모집할 때 그 점에 관심을 두었던 것 같습니다. 그런데 마리는 달랐죠. 마리는 무언가로 고양되어 있었고 그것을 끊임없이 발산해야 했죠. 한마디로 활력이 넘쳤습니다. 당당하고 고집스러웠죠. 그러다가도 어느 순간이 되면 뼈대만 남은 모습처럼 황량하기 그지없었어요. 그녀는 전형적인 조울병 환자로 보였는데, 더 지켜보고 관찰한 결과 놀라운 사실을 깨달았죠. 나는 그녀의 증상을 해리(解離)성 정체성 장애라고 결론 내렸어요. 흔히 다중인격장애로 알려진 그 병 말이에요. 마치 한 인격으로는 자신을 채울 수 없다는 듯 그녀는 이곳에서 다양한 모습으로 살았죠. 그래요. 그녀가 식사를 준비하는 모습과 밤마다 남자들 선실에 드나드는 모습은 하나의 인격으론 불가능했죠. 다행히 호아와 함께 있을 때는 전혀 문제가 없는 듯 보였죠. 하지만 그녀가 내 선실에 들어왔을 때는 또 다른 모습이었어요. 내가 이 여자를 감당할 수 있을까 하는 의문에 빠졌죠.

그녀에겐 아들이 있었죠. 애석하게도 그 아이는 자폐 스펙트럼 장애를 보였어요. 그녀는 떠도는 처방을 가리지 않고 따라 해봤지만 아이는 나아지지 않았죠. 어떤 것에도 집중하지 못하는 아이는 유난히 물을 좋아했어요. 해군 출신인 아이 아버지가 바다로 데려갔죠. 아이는 바다에 들어가면 좀처럼 나오려 하지 않았어요. 때로는 물속에 잠수했다가 한참이 지난 뒤에야 고개를 내밀었죠. 마리는 아들에게 스쿠버 다이빙을 가르치기로 한 겁니다. 남편은 그 분야라면 말할 필요도 없는 전문가였기에 그녀는 안심하고 아이를 맡겼죠. 아이의 증상이 점점 호전되는 것으로 보였어요. 그런데 한순간에 파탄을 맞았죠. 비극을 던져준 것은 바다, 아니 심해라고 해야 할까요. 예상치 못한 급류에 휩쓸려 아이가 그만 바닷속 암흑을 떠도는 혼령 신세가 된 겁니다. 그녀는 남편을 사랑했어요. 헤어질 생각은 하지 못했죠. 아이 생각이 떠오를 때마다 닳아버린 가슴을 움켜쥐면서도 말이에요. 아이 아버지가 김 대위라는 사실을 알게 된 건 그가 여기서 구출된 뒤였어요. 마리의 입을 통해 알게 되었죠."

"그 사람이 김진혁 대위님이란 말입니까?"

강 중위는 놀란 표정을 지으며 물었다. 윤 박사는 고개를 끄덕였다.

"그녀의 아버지는 둘을 인정하지 못했어요. 처음부터 그랬지만, 아이를 잃은 뒤에는 아예 연락도 끊어버렸죠. 워낙 완고한 사람이기에 딸 하나 잃은 셈 치고 살았나 봅디다. 그녀 역시 아버지를 설득할 생각은 없었어요. 그렇게 살다가 다시 아이를 갖게 되었죠. 죽은 아들을 꼭 닮은 남자아이였습니다. 아이가 일곱 살이 될 때까지 그녀는 더없는 행복을 누리며 살았던 모양이에요. 하지만 그 행복은 한순간에 깨졌습니다.

이번에도 바다가 원흉이었죠. 휴가를 맞은 김 대위는 마리와 아이를 데리고 발리의 한 리조트로 갔어요. 그 리조트엔 아이들을 위한 클럽이 있었죠. 직원들이 데리고 다니면서 공중그네 타기나 수영, 요리 따위를 가르쳤어요. 마리는 아이를 클럽에 맡겼죠. 아이는 잘 적응했고 그녀는 남편과 함께 편히 쉴 수 있었던 겁니다. 그런데 클럽 직원이 어이없는 실수를 했지요. 아이 인원수를 오후부터 착각했던 거예요. 이미 마리의 아이가 보이지 않았는데, 직원은 무엇에 홀린 것처럼 알아채지 못했죠. 리조트는 난리가 났어요. 직원들이 모두 아이를 찾으러 나섰죠. 땅거미가 깔리는 어둑어둑한 초저녁이 되었을 때, 한 흑인 직원이 해변에서 아이를 안고 걸어왔어요. 아이는 이미 숨이 멎은 뒤였죠.

참극을 겪은 부부는 한동안 말을 나누지 않았어요. 마리는 마음속 버팀목이 뚝, 하고 부러져 버린 걸 느꼈죠. 그래도 김 대위를 포기할 수 없었어요. 문제는 그 사람, 김 대위의 태도였습니다. 그는 아이를 잃은 것보다는 동경했던 바다가 자신을 배신했다는 사실에 더 분노했던 모양입니다. 해양학자인 그에게 전부와 다를 게 없었던 바다를 더는 가까이서 바라볼 용기가 없었죠. 그들 부부 관계에 금이 맺혔고 마침내 둘은 갈라지고 만 겁니다."

윤 박사는 술을 한 모금 더 들이켰다. 안경을 쥔 손을 떨다가 주먹을 불끈 쥐었다.

"이곳에서 그녀는 호아를 친자식처럼 돌보았죠. 말을 가르쳐 주고 옷을 지어주었어요. 호아와 놀며 보내는 낮에는 평범한 여인과 다르지 않았죠. 하지만 밤이 되면 돌변했어요. 그녀는 떨칠 수 없는 괴로움을 마음 깊은 곳에서 꺼내 올렸죠. 자신의 전부를 버리면서까지 사랑한 남자에게 애정과 증오를 번갈아 느끼며 절망한 겁니다. 죽은 자식에 대한 상실감은 당장이라도 그녀의 숨을 멈출 것 같았어요. 여러 감정으로 쌓인 에너지가 다층적으로 그녀를 감싸고 있었습니다. 저는 끈기 있게 그 에너지를 한 꺼풀씩 벗겨 나갔죠. 하지만 그녀를 둘러싼 마지막 에너지는 철벽과도 같았어요. 그것은 어떤 방법으로도 해소하기 어려웠죠. 아니, 그것마저 벗겨내면 그녀에게 남은 자아조차도 함께 사라질 것 같았어요. 중위님은 그걸 느꼈나요?"

강 중위는 대답하지 않았다. 윤 박사의 눈꺼풀이 가늘게 떨렸다.

"그녀는 실제로 파두아의 욕망을 정화하고 있었어요. 그때 저는 깨달았죠. 마리는 파두아의 밑동과 같은 존재라는 걸, 여러 갈래로 갈라진 줄기를 하나로 모은 어둠 속 땅 밑 뿌리와 같다는 걸 말이죠. 선장님도 아마 그 점에 관심을 가졌던 모양입니다. 나도 깨달았죠. 선원들의 삶이 마리를 중심으로 흘러가고 있었어요. 선장이 범선의 영혼이라면 마리는 그것을 현실과 연결하는 심장이었죠.

범선에는 불필요한 한낱 여자로 여겨졌지만, 실은 선원들에게 젖을 내어주는 어머니나 다름없었어요. 베일에 숨은 무의식이 의식을 낱낱이 지배하는 것처럼 말이죠. 이 범선은 그 무엇이라도 품어줄 존재가 필요했어요. 그 어떤 어둠도, 악한 마음도. 마리가 그 역할을 했다는 게 믿기나요? 인간의 정신세계도 그렇죠. 인간이 경험한 모든 기억은 무의식이라는 창고에 쌓여요. 의식이 기억하지 못하는 것조차도 말이죠. 의식은 그곳에 어두운 기억을 털어버리고 앞을 향해 나아갈 수 있지요. 그런 과정이 없다면 의식은 쉬이 부러지고 말죠. 분열증에 걸리는 이유는 의식이 나약해서가 아니라 무의식이 나약해서일지도 모릅니다. 강한 어둠을 지닐수록 더 밝은 빛을 내는 법이죠. 그게 뭘 뜻하는지 알겠습니까? 어둠의 창고를 지니지 않은 사람은……."

다급히 문을 여는 소리가 윤 박사의 말을 끊었다. 턱수염이 빗물에 젖은 얼굴을 선실 안으로 내밀었다. 선장이 강 중위와 윤 박사를 찾고 있다고 했다.

3

"너울을 기다리고 있네. 물결의 움직임이 보이는가? 새벽 동이 트고 만조가 될 때를 노릴 걸세."

선장은 강 중위에게 말했다. 갑판 위로 퍼붓는 비가 선장의 말을 잘게 잘랐다.

"자네도 이제부터 돕게나. 기회가 많지 않네. 이 날씨라면 만조에 닥칠 밀물에 맞춰 몇 차례 큰 너울이 일 것이네. 그러면 장이 닻을 올릴 걸세. 그 타이밍을 놓쳐서는 안 되네."

"이 절벽 사이를 뚫고 나아간단 말입니까?"

선장은 고개를 끄덕였다.

"바보 같은 짓입니다."

"우리는 여기를 떠나야만 하네."

"그다음엔 무엇이 기다리고 있습니까?"

"말이 많군. 자네, 이 배의 선원이 되겠다고 하지 않았나? 선원이 된 순간 자네의 영혼은 내가 접수했네. 자네는 내 말에 따르기만 하면 돼."

수 초간 둘의 눈빛이 맞부딪쳤다. 그러나 강 중위의 눈빛은 곧 힘을 잃었다. 그는 선장에게서 시선을 거두고 고개를 돌렸다. 선장은 그의 어깨를 툭 쳤다.

"턱수염보단 자네가 나을 걸세."

선장은 눈짓으로 턱수염을 가리켰다. 강 중위는 선장을 한번 노려보고는 턱수염에게 걸어갔다. 장은 이미 뒷돛대 중간까지 내려와 활대를 묶고 있었다. 뒤따라온 윤 박사가 장이 있는 곳으로 기어올랐다. 술을 마시지 않아서였을까. 훈련된 선원과 다를 바 없는 능숙한 몸놀림을 보였다. 강 중위는 턱수염을 도와 야드에서 뻗어 나온 밧줄을 잡아당겨 난간 핀 레일에 감았다. 이게 무슨 짓인가. 자책도 원망도 아닌 묘한 감정이 솟았다. 마음은 다른 곳에 가 있었기에 손발이 따로 움직였다. 홀로 사경을 헤매고 있을 마리가 자꾸 떠올랐다.

밀물이 밀려들더니 순식간에 해변이 잠겼다. 만조가 가까워지자 높은 물결이 배를 기우뚱거렸다. 수면은 차츰 흘수선을 향해 차올랐다. 선장은 선장실 위에 올라서서 보이지 않는 수평선을 응시했다. 서두르지 못해? 이 망할 것들아. 그는 누구랄 것 없이 다그쳤다.

하늘이 어스름한 빛을 머금기 시작했다. 멀리 수평선이 차츰 선명한 선으로 드러났다. 장이 마지막 활대를 단 뒤 갑판으로 뛰어내렸다. 셔츠를 벗은 그의 가슴에서 굵은 근육이 꿈틀거렸다. 그는 바다를 향해 뛰어들 듯 난간을 넘으려 했다.

"멍청이 같으니라고. 그따위 보트 하나쯤은 잊어버려."

선장이 소리쳤다. 장은 난간에서 물러섰다. 하지만 못내 아쉬운 듯 보트를 힐끗힐끗 쳐다보며 주춤거렸다. 선장은 선장실에서 내려와 장에게 다가갔다. 그는 손에 쥔 모자로 장의 뺨을 후려쳤다.

"정신 차리란 말이다. 어서 자리로 돌아가지 못해? 지금부터 얼빠진 놈은 다리를 분질러 놓을 테다."

선장이 호통쳤다. 장은 이물을 향해 달려갔다.

"장, 내가 신호를 보낼 때 시작해야 해."

선장이 장의 뒤통수를 향해 외쳤다. 그러고는 선장실 앞에 올라 타륜에 손을 얹었다.

"중위, 자네는 내 신호에 맞춰 밧줄을 자르게."

선장은 허리에 찬 단도를 뽑아 갑판 위로 던졌다. 선장이 손으로 가리킨 것은 주 돛대에 묶인 밧줄이었다. 그것은 절벽에 튀어나온 바위와 연결되어 있었다. 강 중위는 단도를 집어 들고 주 돛대에 기어올랐다. 밧줄이 감긴 곳까지 오르자, 갑판의 모든 걸 바라볼 수 있는 위치가 되었다. 장은 캡스턴의 막대 하나를 붙잡은 채 선장을 바라보았고 턱수염은 뱃전을 향해 달려가고 있었다. 윤 박사는 갑판에 널린 삭구 따위를 난간 밖으로 던졌다.

하늘은 회색빛을 머금은 채 검은 바다에 장대비를 내렸다. 더 거세진 파도가 출렁이며 배를 움직였다. 파두아는 바닷속에 잠긴 닻, 그리고 주 돛대와 절벽을 잇는 밧줄에만 의지한 채 이리저리 꿈지럭거렸다.

강 중위는 한 손으로 비를 막으며 선장을 바라보았다. 선장은 살기 어린 눈빛을 뿜어내고 있었다. 피를 흘리며 번득이는 야수의 이빨을 보는 것 같았다. 선장의 마음속에 이는 또 하나의 폭풍이 그 눈빛을 타고 휘몰아치며 눈앞의 폭풍과 대적하는 듯했다. 어느 쪽이든 한쪽은 소멸해야 할 운명이었다. 배는 바닥의 돌을 긁는지 그그긍 하는 소리를 내며 중심을 잡기 시작했다.

선장은 천천히 오른손을 들어 올렸다. 마치 그 손으로 달려드는 파도의 목을 비틀어 버리기라도 하려는 태세였다. 모두의 시선이 그 손끝을 향했다. 그의 눈에 섬광이 번쩍이는 듯했고, 치켜든 손이 사선으로 허공을 갈랐다.

장이 캡스턴 막대를 밀어 시계방향으로 돌렸다. 캡스턴은 두 바퀴 돌고 난 뒤 더는 움직이지 않았다. 닻이 무언가에 걸린 모양이었다. 그는 힘을 잔뜩 주고 팔을 쭉 뻗어서 온몸의 체중을 막대에 실었다. 그러자 막대가 뚝, 소리를 내며 부러져 버렸다. 그는 부서진 막대를 들고 뭐라고 외쳐대더니 우현 난간을 넘어 바다로 뛰어내렸다. 선장은 얼굴을 일그러뜨렸다. 한참 후에야 장이 다시 떠올랐다. 그는 다른 막대를 잡고 캡스턴을 돌렸다. 다섯 바퀴를 돌리자, 감아올린 닻이 수면 위로 떠올랐다. 그는 캡스턴을 고정했다. 턱수염이 재빨리 뱃전과 앞돛대 사이에 펼쳐진 삼각돛을 접었다. 선장은 키를 돌리며 강 중위를 향해 소리쳤다. 강 중위는 정신을 차리고 손에 움켜쥔 단도를 바라보았다. 이제 절벽과 연결된 밧줄만 자르면 그 거대한 범선은 섬에서 풀려날 터였다. 그는 단도를 밧줄에 갖다 대었다.

한 올 한 올 실이 터져나갔다. 마지막 실오라기가 터지자, 밧줄이 허공에서 휘날리다가 절벽을 향해 사라졌다. 순간, 강 중위는 선장이 카오섬에서 장도를 내리쳤다던 장면을 떠올렸다. 파도가 배를 우측으로 밀쳐냈다. 배는 절벽에 달라붙은 채 좀처럼 떨어지지 못했다. 선장이 힘껏 키를 돌렸지만, 배는 연발 절벽에 부딪혔다. 돛대의 야드가 절벽을 그으며 하나씩 부러져 나가거나 비틀렸다. 우현 난간도 튀어나온 암벽을 지나며 구멍이 났다. 돛에 묶인 밧줄이 하나둘 풀어져 나갔고 돛은 힘없이 늘어지며 펄럭였다. 장이 요동치는 밧줄을 하나씩 잡아 다시 묶었다. 윤 박사와 턱수염은 풀려나온 밧줄을 잡기 위해 갑판 위를 뛰어다녔다. 배는 안간힘을 쓰며 물 위에 떴다. 파도에 거꾸러질 것 같으면서도 앞으로 조금씩 나아갔다. 갑자기 무겁고 둔탁한 소리가 배 전체에 울렸다. 동시에 범선은 크게 휘청거렸다. 선장의 몸이 타륜을 향해 접어지며 이마를 키에 찧었다. 강 중위는 하마터면 돛대에서 떨어질 뻔했다. 밧줄을 쥔 손바닥이 벗겨져 쓰리고 끈적거렸다. 선장은 이마에 피를 흘리며 타륜 앞에 넘어졌고 턱수염이 그를 향해 달려갔다. 배는 한쪽으로 기울어진 채 맴돌기 시작했다.

장은 돛에 달린 밧줄을 하나씩 잘랐다. 암초다. 강 중위는 소리치며 돛대에서 내려왔다. 장은 캡스턴을 풀었다. 닻을 내리고 돛을 접은 배는 파도에 몸을 맡기는 신세였다. 장은 선장실을 향해 뛰어갔다. 그는 선장을 안아 올리고 선장실 안으로 들어갔다.

배는 섬에서 200미터 이상 떨어져 있었다. 괴성을 내며 범선 곳곳을 헤집어 놓던 바람이 잦아졌다. 빗방울은 가늘어지다가 그쳤다.

그때였다. 수평선에서부터 꿈틀거리기 시작한 검은 무리가 강 중위의 눈에 들어왔다. 그것은 종종 수면 위로 튀어 올라 둥그런 곡선을 그리며 범선을 향해 다가왔다. 강 중위는 낮은 소리로 내뱉었다. 인어, 아니 고래다. 그는 눈앞이 빙글거렸고 어지러웠다. 가슴이 콱 막힌 듯 숨을 들이쉬기 힘들었다.

4

어둠만이 있을 뿐이에요. 그곳으로 가면 소리마저 낮은 기압에 얼어붙어 있죠. 의식은 정지되고 느낌만 남게 되어요. 그것이 바다의 본질임은 두말할 필요가 없지요.

그곳에 눈이 내린답니다. 표층에서 죽은 생물의 사체가 분해되어 눈처럼 떨어지죠. 그것은 심해 생물들에겐 중요한 먹잇감이랍니다.

차갑고 무겁고 어두운 곳. 하지만 차가운 느낌은 곧 사라지죠. 쉼 없이 검은 물을 내뿜고 있는 작은 화산들. 열수 분출공(熱水噴出空)이라고 불려요. 그 검은 물은 펄펄 끓듯 뜨거워서 인간의 정신마저 익혀버릴 정도죠.

검은 물이 머금고 있는 것은 치명적인 유독가스예요. 인간은 단 한 번의 호흡만으로도 숨이 멎게 되죠. 그 어둠의 끝 바닥에 진실이 묻혀 있다면 믿으시겠어요? 이제 당신은 마음속 가장 깊은 곳에 도달한 느낌이 들죠.

죽음의 세계처럼 보이는 그곳에 다양한 생물들이 살고 있답니다. 죽음의 끝은 또 다른 삶이라는 걸 증명하기라도 하듯 말이에요. 투명하다 못해 유리처럼 보이는 오징어를 비롯해 많은 연체동물이 그 높은 압력 속에 살아가고 있죠. 신비롭지 않나요? 바닥에는 온갖 모습의 게와 갑각류들이 달라붙어 있어요. 과학자들이 미처 분류해 놓지 못한 생물들만 해도 수를 헤아리기 어렵대요. 그 생태계의 뼈대를 이루고 있는 것이 관벌레랍니다. 스스로 말하기를 거부하며 입을 봉한 기억의 진실처럼 관벌레는 세상과의 통로를 모두 닫아버렸죠. 몸 안에 가득 들어 있는 박테리아만이 관벌레가 살아 있음을 증명할 뿐이에요. 정작 관벌레 자신은 다 자라고 나면 어떤 움직임도 없죠. 외적으로는 식물과 같은 모습을 한 그것은 그러나 연체동물이지요. 생명의 진실이 그곳에 있어요. 지구는 태양에 의지하기 전부터 스스로 생명을 탄생시켰죠. 깊은 어둠의 끝 속에서 말이에요. 그곳에선 생명과 죽음이 종이 한 장도 차이 나지 않을 거리에 맞닿아 있죠. 최초의 생명은 광합성조차 필요하지 않았어요. 어둠이 머금은 모든 걸 서로 관계 지을 뿐이었죠. 그곳에서 생명은 어둠을 먹고 자라났답니다.

어쩌면 전 한 마리 관벌레 같은 존재였는지도 모르겠어요. 한낮의 태양 앞에서도 어둠을 볼 수 있었죠. 그 어둠에 더 짙은 어둠이 더했고 그것은 철벽과 같은 장막처럼 앞을 가로막았던 거예요. 방향을 돌려 걸으면 또 다른 어둠만이 나타날 뿐이었어요. 제 주위에서 벌어지는 일들은 보이지 않았고 설령 보였더라도 제겐 의미 없었죠.

그래요. 이 배에 올라탄 순간부터 저는 한 마리의 관벌레였어요. 제가 볼 수 있는 유일한 빛은 호아였지요. 저 아이가 내 아이라면, 하는 생각뿐이었어요. 언젠가 그 아이가 이 절대 어둠에서 벗어나 푸른색으로 빛나는 수면을 향해 떠오르기를 기대했답니다.

이제 그 빛마저도 사라졌으니 저는 어떡해야 할까요? 애당초 그랬듯이 입과 눈을 꼭꼭 닫고 버텨야 할까요? 아니면 잔인한 햇살에 눈이 멀고 몸이 말라 갈라지더라도 새로운 빛을 찾아 걸어야 할까요?

5

강 중위는 선수루 갑판으로 올라 멀리 떨어져 있는 섬을 바라보았다. 갑판 위에는 아무도 없었다. 물결은 잔잔했고 범선은 움직이지 않았다. 날이 흐렸으나 헬기가 뜨지 못할 기후는 아니었다. 그런데도 헬기는 보이지 않았다. 오기로 한 시각이 이미 두 시간이나 지났다.

그가 헬기를 기다린 것은 마리 때문이었다. 마리는 점점 더 끓어오르는 열로 의식이 혼미했고 정신을 차리는가 싶으면 헛소리를 늘어놓다가 다시 의식을 잃곤 했다. 윤 박사는 어디로 사라졌는지 종일 보이지 않았다. 범선을 움직일 때 버렸던 보트조차 찾을 수 없었다.

구름이 잔뜩 끼었고 바람은 비현실적으로 멎어 있었다. 강 중위는 수평선을 향해 고개를 돌렸다. 폭풍이 물러가면서 나타나기 시작했던 검은 무리들을 떠올렸다. 그것은 분명 고래였다. 고래라……. 언제부터 고래를 보기만 하면 흥분하기 시작했을까.

어린 시절, 고래를 본 적 있었다. 죽은 범고래였다. 마을 어부들이 잡았다. 그들의 눈은 저마다 붉게 충혈되어 있었다. 고래 사체는 여기저기 작살을 맞아 피가 엉겨 있었다. 하루 전, 마을 처녀가 팔이 잘린 채로 해변에 떠밀려 왔다. 처참한 시체였다. 눈알이 비틀려 있었고, 다리에는 뼈가 튀어나왔다. 한 어린아이가 고래를 봤다며 그것이 처녀를 물어뜯었다고 했다. 마을에서 가장 큰 어선에 청년들이 올랐다. 모두 작살을 움켜쥐고 있었다.

강 중위는 할아버지가 해준 이야기가 전부 허무맹랑하다는 걸 깨달았다. 동화 세계는 파괴되었고 세상은 서로 피를 흘리는 난폭한 모습으로 다가왔다. 청년들은 고래 사체를 해변에 방치했다. 말라 썩을 때까지 놔둘 참이었다. 그런데 밤에 사람들이 그곳에 모여들었다. 모두 칼을 하나씩 들고 있었다. 그들은 뭔가 의논하더니 각자 고래의 살을 베기 시작했다. 그러고는 한 덩이씩 들고 돌아갔다. 그는 생각했다. 고래가 사람을 먹고 사람은 고래를 먹는다고. 사람들이 모두 돌아갔을 때였다. 멀리서 해안을 향해 무언가 헤엄쳐 오고 있었다. 그것은 물속으로 잠수하며 넓적한 꼬리로 수면을 철썩였다. 고래인가? 사라져 버렸겠거니 여기며 뒤돌아서려 할 때였다. 10여 미터도 되지 않는 거리에서 그것이 펄쩍 뛰어올랐다. 그의 심장이 얼어붙었다. 그것은 인어의 모습이었다. 그런데 그 얼굴이 끔찍했다. 죽은 처녀의 일그러진 얼굴을 닮아 있었다.

그 이야기를 마을 이장에게 했다. 이장은 헛것을 본 것이라며 웃어넘겼다. 그 뒤로는 아무에게도 말한 적 없었다. 할아버지가 사라졌을 때, 그는 이상한 상상에 젖곤 했다. 어른들이 말하는 그 미지의 세계는 어쩌면 고래의 뱃속은 아닐까. 그 뒤로 고래를 보면 가슴이 비틀렸다. 그 비틀림 속에서 까닭 모를 공포가 솟았다.

어둠 속에 진실이 있지.

그는 김 대위가 자주 했던 말을 떠올렸다. 마리가 해준 관벌레 이야기. 어디서 읽은 적도 없지만, 낯익은 이야기였다. 누군가에게 분명 들었던 적이 있다고 그는 생각했다.

누구였더라? 그게, 누구였더라?

갈매기 한 마리가 강 중위를 향해 날아오더니 공중에서 빙빙 돌았다. 제기랄. 강 중위는 낮게 내뱉었다. 저 조그만 녀석의 머릿속 하나 들여다보지 못하는 게 인간이라니…….

강 중위의 의문은 곧 풀렸다. 관벌레 이야기를 해주었을 사람은 한 명밖에 없었다. 김 대위였다. 알 수 없는 일이었다. 김 대위에 관한 기억을 떠올리려 할 때마다 마음 한편이 묵직해졌다.

강 중위가 머리카락을 쥐어짜며 생각에 골몰하고 있는데 멀리서 묵직한 기계음이 울려왔다. 그는 고개 들어 소리가 나는 방향을 향해 바라보았다. 검은 점 하나가 수평선 위에 떠 있었다. 헬기였다. 점은 점점 커지며 다가오더니 강 중위의 머리 위를 지나가며 굉음을 냈다. 헬기는 범선이 있었던 섬으로 향하다가 다시 범선 쪽으로 돌아와서 공중에 멈췄다. 강 중위는 손을 흔들며 소리쳤다. 그러나 헬기는 방향을 돌린 뒤 수평선을 향해 날아갔다.

강 중위는 헬기가 사라져 보이지 않을 때까지 멍하니 서 있었다. 박 대령의 속셈은 무엇일까. 그는 고개를 절레절레 저으며 하갑판으로 향했다. 도대체 사람들이 어디에 숨어 있는지 알 길이 없었다. 그는 마리의 방으로 들어갔다.

마리는 가냘픈 눈을 바르르 떨며 숨을 몰아쉬고 있었다. 강 중위는 그녀의 눈을 들여다보았다. 눈동자는 초점을 잃고 이리저리 흔들렸다. 눈에 담긴 빛은 희미해져 가고, 그녀가 호소하는 고통은 식은땀으로 스며 나와 얼굴을 적셨다. 강 중위는 바지 주머니에서 모르핀과 주사기를 꺼냈다. 주사기에 모르핀 액을 주입하며 입술에 힘을 주었다.

잠시 뒤, 마리의 떨리는 몸이 진정되었다. 그녀의 눈은 잠시일지라도 평온을 되찾았다. 강 중위는 마리에게 몸을 기울여 그녀의 안색을 살폈다.

"어떻게 된 거죠? 선실이 왜 이렇게 기울어져 있나요?"

"마리, 섬을 벗어나려다가 범선이 난파했습니다. 암초를 만났어요."

"지금 어디에 있는 거죠?"

"섬에서 멀지 않은 곳입니다."

"선장님은요?"

"다쳤는데 선장실로 들어가 문을 걸어 잠갔습니다. 그런데 박사님이 보이지 않습니다. 장과 턱수염도요."

강 중위는 눈을 감고 잠시 생각하다가 다시 입을 열었다.

"마리, 제 말을 잘 들으십시오. 당신은 몹시 위험한 상태입니다. 제가 모르핀을 주사했습니다. 한 시간이 지나면 다시 혼수상태에 빠질지 모릅니다. 그전에 제게 해주셔야 할 말이 있습니다. 김 대위가 이곳에서 무엇을 했는지 알려주십시오."

"왜 제가 그 얘길 해야 하는 거죠?"

"박 대령님이 헬기를 보냈지만, 그냥 돌아갔습니다. 그가 무슨 생각을 하고 있는지 저로서는 알 수 없습니다. 박 대령님은 다시 올 겁니다. 그러면 저는 당신을 넘겨줄 수밖에 없습니다. 하지만 저는 쉽게 물러나지 않을 겁니다. 그러기 위해서는 김 대위가 알고 있던 사실을 저도 알아야 합니다."

"그는 떠났어요."

"떠나다니요? 어디로 떠났다는 말입니까?"

"그가 원했던 세계로지요."

"죽었단 말입니까?"

"죽은 것도 산 것도 아니죠. 저는 더 할 말이 없어요."

"마리, 당신은 희미한 의식 속에서 관벌레 얘기를 했습니다. 그것은 김 대위가 제게 해준 얘기이기도 합니다."

마리는 갑자기 웃었는데 실성한 사람의 웃음 같기도 했고 비웃음 같기도 했다. 그러다가 흐느끼기 시작했다. 눈물이 멎자, 결심했다는 듯 베개 밑에서 무언가를 꺼냈다.

그녀가 손을 펴 보였다. 작은 열쇠였다. 그녀의 시선은 탁자 밑 서랍을 향했다. 그녀가 손끝으로 그것을 가리켰다. 그는 그녀에게 열쇠를 건네받고 서랍을 열었다. 검은 표지의 노트 한 권이 화석 같은 모습으로 서랍 속에 들어 있었다. 비밀 상자를 열기라도 한 듯 묘한 분위기가 감돌았다. 그는 노트를 집어 들었다.

첫 장을 넘겼다. 김 대위의 이름이 적혀 있었다. 강 중위는 흥분된 호흡을 가라앉히며 다음 장을 넘겼다. 연필로 적은 글씨들이 가늘고 굵은 선을 이루며 때로는 희미하게 때로는 선명하게 촘촘히 채워져 있었다. 또박또박 쓰인 글씨는 장을 넘기는 동안 질서를 잃어갔고, 마지막 장에 이르러서는 거의 형체를 알아보기 힘들었다. 노트는 김 대위가 탈영한 시점부터 기록한 수기였다. 노트를 훑어본 그는 다시 첫 장으로 넘겨 또박또박 읽기 시작했다. 마리가 앞에 있는 것도 잊은 채 수기에 몰입했다. 김 대위가 글을 쓰며 서걱거렸을 소리가 강 중위의 귓가에 울리는 듯했다.

VII.
어둠 속의 생명

빗방울이 얼굴을 씻어 내린다. 내 관자놀이에 흐르는 피가 빗물에 섞인다. 내 몸의 일부였던 피는 턱선에 매달려 있다가 떨어져 나를 떠난다. 그것은 저 차가운 갑판 위에 머물다가 곧 사람들의 발에 짓밟히겠지.

갑판에 고인 핏물을 손으로 떠 바다에 뿌린다. 내 피는 곧 바닷물과 뒤섞일 테지만, 나는 그것이 나였음을 잊지 말기를 바란다. 그것이 기억하는 내 정체성은 무엇일까. 긴급구조특기대 소속 김진혁 대위? 아니, 탈영한 몸이므로 지금은 탈영병 김 대위로 기억하는 것이 옳겠다.

내 머릿속은 검은 액체로 가득 채워져 있다. 그것은 빗소리를 가로막는다. 조금이라도 움직일라치면 그것이 출렁거리며 심한 두통을 일으킨다. 꼼짝하지 말고 그대로 있을 것! 그런 명령으로 구성된 문장이 그 속에 녹아 있는 것이다. 그것은 더 검어지고 있기에 결코 흘려서는 안 된다. 닿는 것은 모조리 검게 물들일 터였다. 오로지 내 안에만 있어야 한다. 고개를 숙일 수 없다. 숨조차 조심스레 쉬어야 한다.

마리……. 그녀는 이곳에서 이렇게 불리고 있다. 그녀는 이제 내 몸속에서 흘러 나간 피처럼 더는 나와 아무런 관계가 아니기에 나도 마리라고 불러야 옳겠다. 그녀의 큰 눈망울이 나를 향해 있고 입술이 움직이는 것으로 보아 무슨 말인가를 하는 것 같다. 나는 빗소리도 듣지 못하기에 그녀의 말은 귀에 들어오지 않는다. 다만 그녀의 표정에서 답답해하는 모습만 읽을 뿐이다. 세 번째? 아마도 그런 말을 강조하는 것 같다. 그녀의 얼굴은 밀랍을 뒤집어쓰기라도 한 듯 굳어 있다. 무엇이 세 번째라는 걸까? 그녀 옆에는 장과 윤 박사가 물에 젖은 몸으로 앉아 있다. 윤 박사는 난간에 기대 고개를 젖히고 숨을 몰아쉰다. 내리는 비는 가는데 왜 그렇게 젖었을까. 그의 얼굴에서 솟은 땀이 방울져 흘러내린다. 장은 무덤덤한 표정으로 마리를 쳐다본다. 지친 기색은 없다. 윤 박사는 화가 난 것인지 아니면 좌절한 것인지 표정이 어둡다. 세 번째? 내가 이곳에 와서 세

번을 시도한 게 무엇일까.

　조금 전의 일을 떠올려 보아야 한다. 나는 바닷속에 있었고 내 몸이 그 넓은 바다와 하나 되는 느낌에 빠졌다. 정신은 한없이 고양되었지만 그럴수록 마음은 가라앉았다. 둔탁한 무언가가 관자놀이에 부딪혔다. 피가 흐르며 기다란 직선을 그렸다. 그렇게 빠져나온 피는 바다의 어둠 속에 가지를 뻗으며 흩어졌다. 피는 붉지 않았다. 회색이었다. 나는 무한히 확장되어 가는 나 자신을 느꼈다. 그것은 무척 자연스럽게 느껴졌고, 그곳에 계속 머무른다면 내 머릿속을 채운 검은 액체도 흘러나와 심연 속으로 가라앉을 것이었다. 그러면 나 자신도 검은 액체로 변해 그 뒤를 따랐겠지. 바다를 있는 그대로 받아들여야 했다. 나의 피로 바다는 숨을 쉬고 바다는 나를 정화한다.

　기분 좋은 흐름은 오래가지 않았다. 다시 눈을 떴을 때, 습한 공기를 호흡하는 나 자신을 발견했다. 그리고 마리의 눈을 보았다. 한쪽으로 쏠리는 내 머릿속 액체가 쏟아질 것 같았기에 자꾸 기울어지려는 고개를 곧추세워야 했다.

　내가 바다에 귀속하려 했던 의식을 세 번째 치렀다는 얘기다. 그것 외에는 반복해서 했던 일이 없다. 그런데 왜 이들은 내 의식을 번번이 가로막는 것일까. 내 의식의 목적이 영원한 평온이라는 걸 모르는 것일까? 그들은 내 머릿속 액체에 대해 알기나 하는 걸까?

그것이 출렁일 때마다 극심한 통증과 무력감이 나를 휩쓴다. 언제부터였을까? 내 기억은 긴급구조특기대로 향한다. 그렇다. 그곳에 자원했을 때였다. 잔잔하게 차오르던 액체는 점점 불어나 꽉 차올랐다. 그것이 새어 들어오는 틈은 훨씬 전에 생겼다. 내 아이들이 차례로 바다에 삼켜졌을 때 그 틈이 차례로 벌어졌다.

바다는 나의 적이다. 그런데 바다는 대체 무엇인가? 바닷물을 컵으로 뜨면 투명한 물이 담긴다. 그건 나트륨이 녹아 있는 물에 불과하다. 그렇다면 바다를 인위적으로 만들 수 있을까. 그렇지 않다. 이스라엘에 맞닿아 있는 사해(死海)는 바다가 아니라 호수다. 동물도 식물도 살 수 없는 죽은 호수다. 요르단강의 물고기가 사해로 흘러들어 온다면, 그 물고기는 얼마 지나지 않아 쪼그라들고 죽을 것이다. 높은 염분이 원인이다. 그곳에 생명체가 아예 없는 것은 아니다. 그 어떤 열악한 곳에서도 터전을 마련하는 박테리아가 산다. 생명체가 살 수 있는 환경인지 아닌지로 바다를 정의할 수는 없다. 나는 이 난제를 풀어냈다. 그 자체로 하나의 생명인 것, 그것이 바다다. 바다는 숨을 쉰다. 그곳의 모든 생명체는 바다의 살과 내장이다. 그러니 바다라는 적은 얼마나 거대한가. 그 앞에 서 있는 나는 티끌보다 작은 인간이다. 그것에 맞설 수 있는가. 그 생각은 좌절을 일으켰고 그렇게 쌓인 좌절이 검은 액체를 담근 것이다.

검은 액체는 부글부글 끓으려 한다. 이제 나는 긴급구조특기대에 대한 기억을 떠올려야 한다. 긴급구조특기대는 재난을 당한 사람들을 안전한 곳으로 수송하는 일을 맡았다. 그것이 임무의 전부였다면 이야기는 달라질 수 있었다. 산 사람보다 시신을 거두어 오는 일이 늘어나면서 구조라는 말은 무색해졌기 때문이다.

대원들은 차차 죽음의 기운에 동화되었고 그들의 눈은 하나같이 코카인을 맞은 것처럼 풀어졌다. 모두가 저승사자처럼 움직였고 감정은 말라버렸다. 점점 폭력을 띠더니 급기야 짐승을 다루듯 이재민을 대했다. 보호소에 보내진 사람들은 사실상 수감자와 다를 바 없었다.

이재민은 급속히 늘어갔다. 수도권을 제외하면 사실상 행정이 마비된 상황이었다. 이재민들은 점차 목소리를 높였다. 보호소가 가혹한 대우를 한다며 크고 작은 소란을 벌였다. 일반인의 인내는 바닥을 보이고 있었다. 이재민을 상대로 보여주었던 호의는 경계심으로, 그리고 종국에는 적대적인 감정으로 변했다.

　이미 계엄이 내려진 상황이었다. 군이 가진 물리력은 무엇보다 효율을 보였다. 박 대령은 그 상황을 풀어내기에 적합한 사람이었고 그에게 보호소를 운영–사실상 통제–하라는 임무가 주어졌다. 그는 이재민들에게 노동의 기회를 준다는 명목으로 재건 현장에 보냈다. 사실상 착취였다.

　박 대령을 아는 사람은 그를 융통성이 없는 냉혈한 인간으로 여길지 모른다. 하지만 나는 그가 가진 일관성을 존경했다. 그는 적어도 흔들리지 않는 자신만의 신념을 가지고 있었다. 그렇다고 그것을 향한 방법까지 존중한 것은 아니었다. 그가 가진 신념은 단순했다. 어둠은 해소할 수 있는 대상이 아니라는 것이었다. 그의 논리에 따르면, 규율을 흩트리는 세력은 어둠이었다. 그것에 한 줄기 빛을 내리쬔다고 해서 달라질 건 없었다. 검은 잉크병에 물 한 방울 섞는다고 맑아지지는 않듯이 말이다. 그가 택할 방법은 하나였다. 더 강한 규율 속에 이재민을 묶어놓아야 했다.

*

　아마도 내 귓속에 들어간 바닷물 때문에 아무 소리도 못

들었나 보다. 윤 박사가 꼬챙이 같은 걸로 내 귀를 여러 번 찌른 뒤로는 소리가 들리기 시작했다. 나는 내 선실에 누워 있다. 하지만 지금 들리고 있는 이 소리는 무엇인가. 제기랄, 윤 박사는 차라리 내 귀를 그대로 두어야 했다.

사람들의 웅성거림, 탄식하는 소리, 울음, 신음이 뒤섞인 이 소리는 끓는 물이 뿜어내는 괴성처럼 들린다. 시커먼 파도가 내 키와 같은 높이를 유지하며 다가와 한꺼번에 거품으로 분해되는 것처럼 사정없이 퍼붓는다. 도대체 언제부터 이 소리가 들리기 시작했던가.

처음엔 단 한 명이 내는 목소리였다. 도와줘요. 아빠. 바닷속에서 스쿠버 장비를 한 아이의 울부짖음이 들릴 리 없는데도 그 소리는 명료하게 다가와 내 귀에 꽂혔다. 나는 당황하지 않았다. 아이와 나는 손을 잡고 있었고 수심은 4, 5미터에 불과했다. 우리 등에 달린 산소 호흡기는 잘 작동하고 있었다. 잠수한 곳은 사고가 한 건도 없었던 해안이었다. 무엇보다도 나는 바다를 잘 알았다. 그런데 순간 커다란 상어에 받힌 것처럼 내 몸이 휘청거렸다. 단 한 번의 요동에 아이를 놓쳐버릴 정도로 급변하는 물살이었다.

바닷속 깊은 곳이 얼마나 아늑한지 느끼게 하고 싶었을 뿐이다. 바다의 기침 한 번으로 나는 아이를 영원한 적막

속에 떠나보내고 말았다. 영원히 지워지지 않는 아이의 마지막 울부짖음을 남겨두고. 그 사건이 있은 뒤로 나는 조그만 일에도 잘 놀랐다. 일종의 노이로제에 걸린 것이다. 주위를 둘러싼 것이 너무 크거나 작아 보였고 말 한마디를 꺼내기도 힘들었다. 내 아이의 울부짖음은 작은 틈도 남기지 않고 머릿속에 또렷이 울렸다. 한평생 바다를 연구하고 싶었던 나는 순식간에 전부를 잃어버린 심정이었다. 파도만 바라봐도 멀미가 났다. 멀리 수평선은 삶과 죽음을 구분 짓는 경계선처럼 보였다. 나는 아내와 함께 슬퍼해 줄 수 없었다. 내가 가진 괴로움은 그녀의 슬픔과는 달랐다. 나는 그저 당황했을 뿐이었다. 내 몸에 이는 감정이 슬픔인지 분노인지 무력감인지 구분하기 어려웠다.

아내는 내 곁을 지켰다. 하지만 두 번째 아이에게 비슷한 비극이 닥치자, 우리를 잇는 얇은 끈은 싹둑 잘려 나갔다. 나는 내가 연구해 왔던 자료를 모두 불태우고 새롭게 시작했다. 바다의 시각으로 바다를 바라보기로 한 것이다. 생명의 기원을 찾고 싶었다. 그것의 원리를 알아내어 삶과 죽음의 거리가 얼마나 좁은 것인지 밝히고 싶었다. 내게는 이 지옥을 설명할 변명이 필요했다.

올해 오월부터 시작된 재난은 나를 다시 혼란에 빠뜨렸

다. 바다는 무시무시한 비와 바람을 업고 지상의 인간에게 심판의 칼을 들이댔다. 그 와중에 잠시 눌러두었던 내 아이의 울부짖음이 되살아나 관자놀이에 박혔다. 나는 그 소리를 영원히 떨쳐버릴 수 없다는 걸 깨달았다. 사라지지 않는 소리는 나를 긴급구조특기대에 자원하게 했다.

나에게는 지독한 인연이었다. 아내의 아버지인 박 대령이 긴급구조특기대를 지휘하는 위치에 임명되었으니 말이다. 그는 내 계급을 인정하며 팀을 꾸려주었고 한반도 남동 지역을 맡겼다.

내가 석사학위를 딴 뒤 해군 특수사단에 입대했을 때도 그는 역시 내 상관이었다. 특수사단은 미래에 닥칠 재난을 대비하기 위해 만든 조직이었다. 그 사단에서 해양학자가 필요하다는 말에 나는 순수한 마음으로 그곳에 지원했다. 그러나 종종 그와 대립해야 했다. 그가 가진 시각이 내 것과는 다른 방향을 향하고 있었다.

그는 재난이라는 상황을 일종의 전시와 다를 바 없다고 가정했다. 전시라면 적과 아(我)를 구분해야 한다. 도대체 적이란 누구인가. 무언가를 증오하려면 그 대상이 명확해야 가능하다. 나는 바다를 이해해야 한다고 생각했다. 바다가 증오의 대상이 되어서는 곤란했다. 설혹 누군가 바다와 맞서 싸우겠다고 한들 그가 할 수 있는 일이 무엇이란 말인가. 정당한 증오가 불가능할 때 찾아오는 것은 무기력이다.

무기력을 넘어 허탈에 빠져들게 한 것은 광안리 앞바다에서 펼친 구조 활동이었다. 상상하기도 힘든 거대한 태풍이 종이를 반반히 펴듯 새로운 공간을 펼쳤다. 그곳은 산 자를 위한 곳이 아니었다. 바다는 그 어느 때보다 짙은 먹빛을 띠었다. 심부에 쌓여 있던 어둠을 토해내기라도 한 듯했다. 시체들은 연잎처럼 떠다녔다. 끊임없이 이어진 인간의 몸뚱이는 검은 액체 위에서 팔과 다리가 뒤엉킨 채 자연의 분노 앞에 늘어져 있었다. 개중에는 마지막 숨을 달고 있던 사람도 있었을 것이다. 우리는 살아 있는 자와 죽은 자를 구분할 여유가 없었다. 우리가 내민 손에 따라 삶과 죽음이 판명되더라도 누구 하나 반박할 수 없었으리라.

산 자를 싣고 죽은 자의 도시를 뒤로한 채 남쪽을 향했다. 나는 그 도시가 눈앞에서 멀어짐에 따라 비로소 비린내 나는 공기 몇 줌을 호흡했다.

*

앞돛대 꼭대기에서 야드를 손보던 장이 갑판으로 내려

와 턱수염을 흘끔 쳐다본다. 신기한 일이다. 그는 턱수염에게 일을 도와달라는 말을 절대로 하지 않는다. 이 배의 선장도 턱수염에게 일을 시키지도 강요하지도 않았다. 겉모습만 보아서는 이곳은 장을 중심으로 돌아가는 것으로 보인다. 그는 하루 종일 갑판을 닦고 밧줄을 묶거나 풀고는 돛을 수선한다. 식사 시간을 제외하면 그가 잠시라도 틈을 내서 쉬는 법이 없다. 거의 말이 없는 사내다.

장은 주 돛대를 향해 걸어간다. 돛대에 기대앉은 윤 박사의 모습이 보인다. 윤 박사는 항상 그 자리에서 술병을 기울이며 난간 밖 멀리 한 점을 응시한다. 무엇에 생각을 집중하고 있을까. 그도 떨칠 수 없는 소리를 가진 것일까. 정신분석가라고 소개한 것과 달리 자기 자신의 정신마저도 분석하기 힘든 모습이다. 어쩌면 그는 이곳에서는 불필요한 존재처럼 보인다. 게다가 곧잘 선장의 말에 대꾸하기도 한다.

마리가 계단을 타며 선미루 갑판으로 올라온다. 그녀는 해치 옆에 설치된 작은 종루에 다가가 종을 친다. 그녀의 검은색 원피스가 하늘거린다. 이곳에서 그녀는 항상 검은색 옷을 입는다. 왠지 그 색깔이 잘 어울려 보인다. 이 배에서 어떤 삶을 살아왔는지 그녀가 이야기해 준 적 있다. 마치 그녀의 꿈을 이야기하는 듯 단절되고 아귀가 맞지 않는 내용이기에 정리하기도 어렵고 기억도 잘 나지 않는다.

나는 사람들에 이끌려 홀을 향한다. 홀에 이르러 각자 자리를 잡자, 선장이 곧이어 나타난다. 우리는 식사하기 시작한다. 모두 음식을 공평하게 나누고 각자 먹고 싶은 만큼만 먹는다. 이들이 먹는 이유는 단 하나, 범선을 움직이기 위해서다.

나는 이곳에서 무엇을 보았는가. 언뜻 보기엔 물과 기름처럼 섞이기 힘든 개성들이 절묘하게 어우러져 이 범선을 유지하고 있다. 선장의 입을 통해 그 사실을 확인할 수 있었다. 파두아라는 지구의 축소판을 나는 보았고 그것의 목적은 오직 항해라는 걸 깨달았다. 그 목적의 동력은 이 배를 살아 숨 쉬게 하려는 욕망이다.

덕분에 나는 '전체로서의 생명'이라는 내 소신에 확신을 더할 수 있었다. 그것은 우주를 항해하는 지구가 이 범선처럼 하나의 생명체라는 확신이다. 그것을 구성하는 모든 생명체는 서로 잡아먹고 먹히며 번식하고 죽음을 맞지만, 그 모든 일이 지구가 가진 삶의 욕망에 부합하는 것이다. 그런 과정들이 지구를 살아 숨 쉬게 한다.

이제 대상을 넓혀야 한다. 살아 숨 쉬는 바다는 육지라는 뼈대와 대기라는 허파를 지닌 것이다. 내 적은 새로운 모습으로 다가온다. 아니 이미 적이 될 수 없다. 나 또한 그 거대한 생명체인 지구의 일부이기 때문이다. 지구 입장으로 보면 나는 기생하는 박테리아일 수도, 또는 불편한 바이러스일지도 모른다. 그 생명체가 가진 치밀한 시스템을 인간이 이해할 수 있을까. 아무리 잔인하고 사악한 사람일지라도 그가 호흡할 때마다 꽃들은 행복에 젖는다. 꽃의 거룩한 먹이를 제공하는 셈이다. 꽃은 사람의 선악을 따지지 않는다. 인간과 동물에게 필수적인 산소는 다른 많은 종에게는 싫어서 꺼리는, 생명을 위협하는 독과 같다. 그래서 산소를 억제하기 위해 싸운다. 인간에겐 해로운 것, 인간에겐 어둠인 것이 그들에겐 축복이며 빛이다.

　나는 언제부터 이런 이론에 동의했던가. 아마도 관벌레를 직접 관찰하면서부터였을 것이다. 십 년 전 국가 프로젝트인 심해 탐사단에 동참하면서 나는 잠수정에 직접 오를 기회를 얻었다. 바다는 깊고 어두워질수록 고요했다. 심연을 떠다니는 부유물을 가르며 바다 밑 해양저에 이르는 동안 내 심장은 신비로움에 젖어 긴장으로 팽팽했다.

　나는 관벌레를 직접 보고 싶었다. 생명의 비밀이 그것에 있다는 강박이 나를 사로잡았다. 몸속의 박테리아에 의해 생명을 유지하는 관벌레. 그것의 주인은 누구인가. 관벌레의 입장에서는 관벌레가 주인일 것이요, 박테리아의 입장에서는 박테리아가 주인일 것이다. 이 논리를 확장하면 지구의 주인은 미생물일 수도 있다. 그 생각에 이르자, 내가 잠시 지구를 빌려 쓰고 있는 하찮은 생명체에 불과하다는 걸 깨달았다.

열수분출공에서 뿜어져 나오는 검은 물 사이로 관벌레가 보였다. 그 깊은 어둠 속에서 묵묵히 생명의 이치를 성찰하고 있는 모습을 눈으로 확인하는 순간이었다. 태초부터 시작했던 전 생명체의 기억이 관벌레 속에 쌓여 있을 것 같았다.

*

일 년 전의 내가 지금의 나와 같을 수는 없다. 애당초 '나'라는 존재는 없을지도 모른다. 시시각각 변하고 있는, 나를 둘러싼 흐름만이 있을 뿐이다. 파두아도 마찬가지다. 파두아라는 배의 정의를 가능하게 하는 것은 그것을 움직이는 선원들과 파도와 바람이다.

재난에 대한 관점도 흐름에 관한 시각으로 바라봐야 한

다. 지진, 화산, 태풍, 홍수, 화재. 그런 단순한 정의는 편협한 시각을 표현할 뿐이다. 만일 사막 한가운데에서 대규모의 화재가 발생했다고 치자, 또는 남극 지방에서 지진이 일어났다고 치자, 우리는 그런 사건을 재난이라고 부르지 않는다. 인간이 없으면 재난이라는 정의도 없다.

재난이 이어지면서 우리의 구조 수칙도 차츰 성격이 변해갔다. 사람의 도리 차원에서 도움을 주려던 사람들도 차츰 줄어들었다. 어느덧 구조 활동은 쓰레기를 종류별로 상자에 주워 담는 일처럼 변했다. 유족들의 심정? 그런 것을 신경 쓸 틈은 없었다. 나는 긴급구조특기대를 떠나야 한다고 생각했지만, 갈 곳이 없었다.

긴급구조특기대에서 다시 보게 된 강 중위는 초췌한 모습이었다. 허공을 쓸어 담은 양 텅 빈 그의 눈 속에서 나는 무엇을 보았던가. 그는 훌륭한 군인이었다. 해군 특수사단에서 복무하던 시절 그 누구보다 투철했다. 명령에 의문을 달지도 않았다. 그는 긴급구조특기대에 자원한 뒤 우리 팀에서 내 경비정의 기관사를 맡았다. 맡은 일을 어긋나게 한 적은 없었다. 하지만 언제나 무언가에 쫓기는 모습이었고 양턱 속으로 증오를 꽉 깨물고 있었다. 나는 그의 손에 경비정을 맡긴 게 불안했다. 핸들을 잡은 그의 두 팔에는 항상 근육이 꿈틀거렸다. 그것이 팽팽한 긴장에 젖어 균형을 잃으면 경비정은 당장이라도 남쪽 대양 한가운데를 향해 질주할 것 같았다.

그는 실종된 아내를 찾기 위해 자원했다고 밝혔다. 아내를 이해할 수 없다고 했다가 원망한다고 했고, 아내를 잊겠다고 말하고는 결코 포기할 수 없다고 말을 바꿨다. 그는 자신이 그런 극심한 혼란에 빠져 있는 걸 알아차리지 못했다.

파국을 부르는 운명이 우리를 기다리고 있었다. 그날, 짙은 안개가 겹겹이 쌓여 있었고 날이 밝기까지 삼사십 분을 남긴 시각이었다. 박 대령이 나를 호출했다. 그는 사뭇 근엄한 표정으로 내게 임무를 던져주었다. 나는 별다른 의심을 하지 않았다. 경비정을 몰고 C군도 북동해상의 한 지점을 돌고 오면 되었다.

막상 경비정에 올라타자, 의문이 들기 시작했다. 내가 가야 할 곳은 피해 지역도 아니었고, 누군가를 구조하라는 지시도 없었다. 더군다나 강 중위와 나, 둘만이 작전에 투입되었다. 하지만 명령은 명령이었다.

안개를 가르며 경비정이 목표 지점으로 향했다. 질척거리는 바람은 쉴 없이 내 얼굴에 엉겨 붙었다. 고된 몸부림을 치던 바다는 잠들어 있었다. 나는 눈을 반쯤 감은 채, 안개에 젖은 공기를 허파에 집어넣으며 나를 둘러싼 불신과 다투어야 했다.

난간 위로 튀어 오른 바닷물이 내 얼굴을 때렸다. 나는 화들짝 놀랐다. 그제야 내가 두려움에 떨고 있다는 걸 깨달았다. 내가 두려워해야 할 게 대체 뭐란 말인가. 나는 그러한 사실에 분노했으나 그 분노 역시 향할 대상이 없었다.

목표한 지점에 이르자 경비정의 엔진과 조명이 꺼졌다. 멀리 검은 섬과도 같은 거대한 형체가 서서히 우리를 향해 다가오고 있었다. 강 중위가 나를 불렀다. 나는 기관실로 가서 무전으로 흘러나오는 박 대령의 목소리를 들어야 했다. 박 대령은 그곳을 지나가는 유조선 그레이트호(號)에 충돌하라고 명령했다. 벼락을 맞은 듯 내 몸이 굳어졌다. 명령이 무슨 뜻인지 파악할 수 없었다. 무전기에 대고 거듭 되물었다. 박 대령은 호통치며 명령을 반복했다. 충.돌.하.라.고. 이.새.끼.야. 한 자씩 끊어져 나오는 그의 음성이 칼날처럼 내 가슴을 후볐다. 순간적으로 박 대령의 속셈을 헤아려 보았다. 그의 밑에서 일할 때 논쟁했던 일이 떠올랐다. 해상에 유조선이 침몰해 수습할 수 없는 사태에 대한 대비 시나리오였다. 박 대령의 주장은 간단했다. 불은 불로 끈다. 하지만 지금은 맞지 않는 상황이었다. 이 난리 속에서도 기름을 토해낸 유조선은 아직 없었다. 왜, 인공적인 기름 유출이 그에게 필요할까. 거기까지는 헤아려 볼 여유가 없었다. 다만 박 대령은 그 논쟁에서 파생한 어떤 상황을 얘기하며 내게 해법을 물었다. 내가 대답 못 하고 얼굴을 찌푸리자, 그는 시퍼런 얼굴로 섬뜩한 웃음을 지었다. 생각해 내야 했다. 그게 무엇이었던가? 지옥의 언어였다. 그래서 나는 인간의 기능으로 그의 주장을 지워버렸다. 극단적 해법. 그것은……. 기름에 불을 지르는 것? 일명 '거룩한 불꽃'이라는 작전명? 바다를 태우는 것. 섬을 소멸하는 것. 왜? 흑사병이 유럽을 삼켜 죽음의 행렬이 이어지던 시절에 썼던 방법이 떠올랐다. 병을 앓는 사람의 집을 통째로 태워 재로 만드는 것. 그렇다면, 바이러스?

　기어 위에 올린 강 중위의 손이 떨리고 있었다. 그의 불거진 팔 근육은 그가 제어할 수 없는 것 같았다. 잔뜩 머금은 흥분이 그의 이성에서 내리는 지시를 마비시킨 것이다. 우리 둘, 모두에게 특수사단의 피가 흐르고 있었다. 물론 내 피는 역류하고 있었다. 나는 강 중위에게 돌아가자고 명령했다. 그러자 강 중위가 화를 냈다. 그는 명령을 따라야 한다며 내 눈을 쳐다보려 하지 않았다. 나는 그의 뺨을 내리쳤다. 그는 아랑곳하지 않았다. 나는 그의 눈이 그 어느 때보다도 맹렬한 분노로 불타고 있는 걸 보았다. 아마도 온몸에 있는 분노를 죄다 긁어모아 그 대상을 유조선으로 돌리는 것 같았다. 그는 그게 유조선이라는 사실조차 인식하지 못한 것일까.

그레이트호의 육중한 선체가 서서히 자태를 드러냈다. 강 중위는 시동을 걸고 기어를 쥔 손에 힘을 주었다. 그러다가 곧 기어를 중립으로 돌렸다. 그의 동공은 한껏 응축했고 빠르게 흔들렸다. 나는 그의 시선을 따라 눈을 돌렸다. 유조선 앞으로 또 다른 검은 형체가 수면을 찢으며 떠올랐다. 소름 끼치는 울부짖음이 당장이라도 하늘을 뚫고 여명을 열 듯 날카로웠다. 나는 그것이 혹등고래라는 걸 단번에 알아차렸다. 정신이 멍멍했다. 족히 30톤은 넘을 덩치였다. 이 부근에 혹등고래가? 그것도 저렇게 큰 녀석이? 고래는 몸을 곧게 세워 빙그르르 돌았다. 고개를 우리 쪽으로 돌리더니 입을 천천히 벌리며 다시 한번 괴성을 질렀다. 겁에 질린 모습이었다. 아니, 비극을 감지한 사실을 호소하려는 게 분명했다. 강 중위는 자신이 무엇을 보고 있는지 모르는 듯했다. 환영을 보기라도 한 걸까. 고래의 모습에서 쓰나미의 높은 파도를 떠올렸을지도 모른다. 나는 강 중위의 어깨에 힘이 잔뜩 들어가는 모습을 보았다. 돌처럼 단단한 근육 덩어리가 부풀었다. 내 힘으로 당할 수 없는 맹수로 돌변한 것이다. 나는 갑판으로 나가 구명튜브를 바다에 던지고 뛰어내렸다.

*

나는 탈영했다. 광기에 젖은 상사와 부하를 뒤로하고 바다에 내 운명을 맡겼다. 구명튜브는 뜻하지 않은 곳으로 흘러갔다. 내 튜브를 멈춰 세운 것은 파두아라는 범선이었다.

이곳에 머물면서 나는 하루하루가 꿈의 연장인 것 같은 착각에 빠져야 했다. 나를 떠났던 아내는 전혀 다른 사람이 되어 내 앞에 나타났고, 장과 턱수염이라는, 전혀 현실적으로 보이지 않는 사내들이 눈앞에서 걸어 다녔다. 윤 박사의 입을 통해 그들의 과거를 전해 들었다. 그러나 그 이야기는 내게 혼란만 더할 뿐이었다. 사회에서 지목한 희생자들의 집합소. 아마도 이곳을 이렇게 부르는 게 나을지도 몰랐다. 이들은 파두아를 벗어날 수 없었다. 돌아갈 터전은 허공에 걸린 문 뒤에 있었다. 마치 관벌레 속에 기생하는 박테리아처럼 이들은 파두아라는 몸이 필요했다. 그리고 그 몸을 살아 있게 하기도 했다.

유조선 그레이트호는 침몰된 것 같았다. 얼마 지나지 않아 범선 근처 바다에 기름이 떠다니며 수면을 검게 물들였다. 나는 하나의 기억을 떠올리며 선득한 기운에 몸을 떨었다. 박 대령이 휴대전화로 누군가와 나누었던 대화였다. 그의 방문이 열려 있었고 그가 하는 말이 희미하게 들렸다. 누구와 통화하는지는 모르는 일이었다. C군도, 한 섬에서 도는 전염병. 해결. 완수. 띄엄띄엄 마디로 남아 있는 박 대령의 말……. 그리고 분명히 기억났다. 마지막에 그가 냉랭한 말투로 했던 말, 그것은 '거룩한 불꽃'이었다.

순간, 내 머릿속에 흩어졌던 기억들이 얽히기 시작했다. 만일 그 섬에 퍼진 전염병이 TA 바이러스라면 박 대령의 속셈은 뻔했다. TA는 일정한 잠복기를 가지다가 걷잡을 수 없이 변이를 일으켜 사람의 생명을 급속히 앗는 바이러스였다. 이 년 전에 마라도에서 첫 감염자가 나왔다. 걷잡을 수 없이 퍼진 바이러스는 무시무시하게 전파되었고 섬 사람을 한 명씩 죽음에 이르게 했다. 석 달 동안 섬은 고립되었다. 정부가 모든 교통을 차단한 것이다. 위세를 떨치던 바이러스는 마라도를 거의 전멸시켰다. 살아남은 자는 다섯 명에 불과했다. 군병력이 어딘가로 그들을 호송했다. 그리고 마라도는 죽음의 섬으로 잊혀갔다. 그것으로써 그 사건도 묻혀버리는 듯했다. 나는 해양연구소의 자료를 관리하고 있었기에 그 바이러스의 정체를 알고 있었다. 그것은 봉인되어야 할 사실이었다. 나는 비밀리에 바이러스 전문가와 이 건을 논의했다. 전문가의 눈빛이 심상찮았다. 과연 이런 바이러스가 자연에서 발생할 수 있는지 의문이라고 했다. 그는 생존자 다섯 명이 아직 살아 있는지 물었다. 그것은 나도 알 수 없는 기밀이었다.

C군도의 어느 섬에서 그 바이러스가 재발했을 것이다. 박 대령은 그 부근에서 일부러 기름을 유출하려 했으리라. 다음에 벌어질 일을 나는 알고 있다. 결국 불바다를 만들어 섬을 불태우고 바이러스도 날려버릴 '거룩한 불꽃'을 일으키는 것이다. 이유는 간단했다. 이 난리에 바이러스까지 본토에 퍼지면 긴급구조특기대는 한순간에 위상을 잃고 만다.

곧 눈앞 바다가 불탄다. 이 범선이 위험했다. 포위망은 범선의 존재를 포착했을 터였다. 다행히도 이곳에는 유일한 카드가 있었다. 그의 딸 마리가 있는 것이다. 나는 박 대령에게 무전을 쳤다. 그리고 그의 딸을 언급한 뒤 송수신기를 바다에 버렸다. 이 수기 또한 서둘러 써야 했다. 수기가 완성되면 마리에게 넘겨줄 셈이었다.

나는 박 대령의 작전에 동의할 수 없다. 유출된 기름을 처리하는 명목으로 섬을 고립시킨다? 기름 범벅인 바다를 불태워야 하는가. 누가 찬성할 수 있는가. 기름을 제거하려면 유화제를 뿌리면 된다. 물론 바다 생태에 시련을 주는 일이다. 아니다. 최근의 연구 결과 그러한 사태가 발생했을 때 가장 좋은 방법은 그대로 두는 것임이 밝혀졌다. 문제는, 인간은 기름으로 얼룩진 바다를 그대로 내버려두기 힘들다는 사실이다.

어둠과 빛을 가르려는 노력은 무의미하다. 인간의 뱃속에는 오물이 반이며 주요 내장 기관은 어둠 속에서 일한다. 빛은 어둠을 삼키고 어둠은 다시 빛을 뿜는다.

*

죽은 자들의 소리가 점점 커지며 귓가를 울린다. 이제는 범선을 향해 밀려드는 파도 소리와 구분하기도 어렵다. 시커멓고 속이 보이지 않는 파도가 끊임없이 죽은 자들의 소리를 실어 나른다. 그 검은 소리가 내 귀에 흘러든다. 그것은 머릿속을 헤집는다. 그럴 때마다 나는 바다에 뛰어든다. 바다는 나를 부드럽게 안아주고 더 깊은 곳으로 이끈다. 깊고 어두워질수록 죽은 자들의 소리가 잦아든다. 그 소리보다 검기 때문이다. 어둠을 가라앉히는 건 빛이 아니라 더 짙은 어둠일까? 나는 내 내면에 이는 소요 속으로 팔을 내민다.

꿈속의 장면이 현실보다 생생하게 느껴진 적 있는가? 그렇다면 그 깊은 바닷속이 어떤 느낌을 자아내는지 쉬이 깨달을 수 있다. 언제까지나 그곳에 머물고 싶고 더 깊은 어둠 속으로 헤엄치고 싶은 절실함. 그 아늑함. 그리고 평온. 하지만 내면을 깊숙이 들여다보고 무의식의 심연에 가까워지면 공포가 일기 시작한다. 나는 그 공포를 물리치고 끝까지 가보고 싶다. 관벌레와 하나가 되어 그 곁에 뿌리를 박고 싶다. 바다를 끌어안은 채 바다의 심지로 남고 싶다. 그곳에 닿을 수 있을까.

하지만 유혹을 뿌리치고 수면 위로 떠올라 숨을 쉬어야 한다. 언제까지 꿈만 꿀 순 없는 법이다. 인간은 결국 잠시간의 꿈만 허락받은 존재일까? 죽음과 삶을 초월한 바다의 시선은 매력으로 가득하다. 그 시선은 말한다. 영원한 꿈을 꾸길 바란다면 삶도 죽음도 아닌 영역에 있어야 한다고.

머릿속에 쌓인 소리는 검은 액체에 녹아 물결을 일으킨다. 액체는 출렁이며 생각을 잘게 자른다. 나는 살아 있는 걸까. 액체는 점점 더 위태롭게 일렁인다. 작은 움직임에도 넘쳐흐를 것 같고 그것이 일으키는 두통은 여간 참기 힘든 게 아니다. 머릿속 깊은 곳은 동굴처럼 이어지고, 액체가 끓는 소리는 메아리가 되어 끝없이 울린다. 나는 눈을 감는다. 머릿속 파도를 심장의 고동으로 억누른다. 그러면 잠시나마 생각을 정리할 틈이 열린다.

박테리아는 사체를 분해한다. 그 과정이 없다면 생명체의 순환은 불가능하다. 삶은 죽음을 향하고 그 죽음은 삶을 유지케 한다. 그것이 전부라면 어둠이 나를 부른다고 두려워할 이유가 무엇인가. 생명의 진실을 알고 싶다고? 그렇다면 그것의 진정한 주인이 되어야 한다. 박테리아가 되어야 한다. 그들의 시각만이 바다를 꿰뚫어 볼 수 있다.

현기증을 떨치며 갑판으로 향한다. 몸을 내밀어라. 난간 너머로. 나는 명령해 보지만 몸은 말을 듣지 않는다. 순간, 머리에 난 동굴이 입을 벌려 바다로 뻗어나간다. 내 생각은 밀려나고 몸은 그 동굴을 타고 미끄러진다. 시커먼 바다의 입속으로 빨려 들어간다.

할 수 있다. 조금만 더 집중하면 어려운 일이 아니다. 몸은 이미 사라졌고 검은 액체만 남아 있다. 액체가 되었으니 바다와 섞이는 건 어렵지 않다. 바다 위에 떠 있는 시커먼 기름띠를 피해야 한다. 그것에 얽히면 끝장이다. 나는 집중한다. 밀도가 상승하며 나, 검은 액체는 바다 깊숙이 가라앉을 준비가 되었다. 수면에서 기름띠를 피해 다니는 동안 나는 절반만 남았다. 파도가 그것을 잘게 자른다. 나는 이제 수십 개의 덩어리로 나뉜다. 저 많은 덩어리 중에 가장 큰 놈을 고르며 나머지를 포기한다. 농어 한 마리가 내게 다가와 또다시 나를 반으로 가른다. 나는 반쪽을 농어의 등에 맡기고 아래로 가라앉는다. 덩치가 작아질수록 몸은 가볍다. 생각도 단순해진다. 보이는 것은 명확하다. 해파리 떼가 보인다. 한 마리에게 다가가 그것의 몸을 만져본다. 부드럽고 미끈거리는 감촉이 나를 이완시킨다. 해파리 몸에 나를 조금 묻혀주고 다시 아래로 향한다. 깊어질수록 차갑고 고요하다. 이빨을 번뜩이는 상어의 입을 피해 거북의 등 위에 잠시 쉰다. 거북의 등에는 상하고 찌든 냄새가 난다. 오징어 떼에 휩쓸려 나는 또다시 여러 개로 나뉜다. 가장 활발한 놈이 나의 가장 큰 덩어리를 삼킨다. 나는 오징어의 내장 속에 머물렀다가 힘차게 분출된다. 수만 개의 입자로 변한 내 모습이 보인다. 나는 단 하나의 입자에만 집중한다. 이제 끝없이 가라앉는 일만 남는다. 중력도 부력도 느끼지 못한다. 오징어 먹물보다도 짙은 어둠만이 나를 감싼다. 끝까지 갈 수 있을까. 조금만 더 힘을 내면 된다. 나는 분해된 사체의 눈과 함께 절대 어둠 속으로 떨어져 내린다. 그것이 보인다. 기다란 관 밖으로 몸을 내민 모습이 마치 립스틱 같다. 관벌레에게 다가간다. 나는 이미 박테리아만큼 작아졌고 그들의 눈을 가졌다. 그 눈으로 관벌레 속에서 활발히 움직이는 박테리아를 본다. 물은 더 이상 차갑지 않다. 오히려 뜨겁다. 관벌레에게 말한다. 네 기억의 점 하나가 되겠노라고. 관벌레가 꿈틀거린다. 그것의 퇴화한 입이 튀어나온다. 동글게 벌린 구멍으로 내가 빨려 들어간다. 그리고 나는 없다.

VIII.

검은 바다

——— 태초에 태어난 생명체들은 끝없이 퍼져나갔다. 그들 대부분에게 산소는 치명적이었다. 내리쬐는 태양의 빛도 끔찍한 것이었다. 주위는 모두 검었다. 그러나 생명은 차츰 극복했고 해로운 환경을 필수적인 것으로 만들어 냈다. 지금 있는 환경에 맞춰 끊임없이 적응하며 변해가는 것. 그것이 생명이다.

- 김 대위의 노트 '검은 바다' 中

차오르는 어둠이 마리의 얼굴 위에 내려앉았다. 얼굴이 검게 변할수록 그녀의 눈은 반짝거렸다. 그녀는 속눈썹의 무게를 버티기 어려운 듯 서서히 눈을 감았다. 잠시 뒤, 부르튼 입술을 열어 김 대위가 있는 곳을 말했다. 고물 쪽 선실이었다. 홀에 있는 문으로만 갈 수 있으며 열쇠는 선장만 가지고 있다고 했다.

강 중위는 잡고 있던 마리의 손을 놓고 선실에서 나왔다. 김 대위의 수기에 적혀 있던 문장들이 묵직한 무게로 머리를 짓눌렀다. 갑판으로 올라와 홀에 들어갔다. 문을 열고 굳게 닫힌 맞은편 문을 노려보았다. 저 안에는 파두아의 내장이라도 들어 있는 걸까.

강 중위는 장식장 앞으로 다가가 서랍을 열었다. 선장과 윤 박사가 꺼내 피우던 시가가 열을 맞춰 차곡차곡 쌓여 있었다. 그는 한 개비를 쥐고 손가락 사이에 끼웠다. 불을 붙여 연기를 한 모금 크게 들이쉬었다. 목구멍이 쓰렸다. 그는 마른기침을 내뱉으며 식탁 주변을 천천히 돌았다. 그러다 의자에 앉아 잠긴 문을 노려보며 허리에 찬 권총에 손을 올려놓았다. 주위를 훑던 그의 시선이 장식장 옆에 멈췄다. 유리 상자 안에 들어 있는 소방 도끼를 보며 침을 삼켰다. 유리 상자에 다가갔다. 권총을 뽑아 거꾸로 쥐고 유리 상자를 내려쳤다. 도끼는 묵직했다. 장식장 선반을 향해 그것을 휘둘렀다. 선반은 두 동강으로 갈라졌고 그 사이로 트로피가 굴러떨어졌다. 그는 고개를 끄덕이며 가로막힌 문 앞에 섰다.

　손잡이 부분을 서너 번 가격했다. 손에 찌릿한 충격이 울렸고 문은 쩍쩍 갈라지는 소리를 냈다. 손잡이가 덜렁거렸다. 고래라고? 빌어먹을. 고래라니. 그는 말을 내뱉으며 도끼질하는 속도를 높였다. 자신이 유조선에 경비정을 충돌시켰다는 사실을 믿기 어려웠다. 나무 파편이 튈 때마다 자신이 보았던 검은 벽이 차츰 생명체의 모습을 띠며 뚜렷하게 떠올랐다. 그게 어쨌단 말인가. 자신을 덮쳤던 해

일도 괴물 같은 생명체나 다름없지 않았던가. 그는 흉포한 입을 벌리는 그 어떤 것에도 순순히 당하지 않겠다고 결심 했었다. 더는 삼켜질 생각이 없었다. 손잡이 주위에 커다 란 구멍이 나며 문이 뒤로 밀렸다. 그는 도끼를 내던지고 문을 열어젖혔다.

알싸한 냄새가 콧속을 파고들었다. 홀에서 흘러든 빛이 어두운 복도를 향해 뻗어나갔지만, 주위는 희미한 윤곽으 로만 아른거렸다. 그는 안으로 들어갔다. 고래 뱃속을 걷 는 기분이었다. 끈적거리며 달라붙는 고약한 공기가 깔려 있었다. 복도가 끝나는 지점에서 멈췄다. 판자로 가로막힌 선실이 보였다. 문은 조금 열려 있었고, 그 틈으로 약한 빛 이 새어 나왔다. 그는 문 앞으로 다가가 천천히 문을 밀었 다. 촛불이 방 안을 밝히고 있었다. 한가운데에 놓인 작은 탁자가 불빛에 따라 아른거렸다. 선장은 문을 등지고 그 앞에 앉아 있었다.

"들어오게."

선장은 사뭇 낮은 음성으로 말했다. 강 중위는 선장을 향해 다가가다가 오른쪽으로 고개를 돌렸다. 병실에서 쓰 는 침대 커튼이 무언가를 가리고 있었다. 손을 뻗어 커튼 을 걷었다. 침대 위에 누운 남자를 보았다. 김 대위였다. 눈은 감고 있었다. 강 중위는 침대에 다가갔다.

"잠든 겁니까?"

"코마 상태일세. 자네가 이곳에 오기 이틀 전부터 잠든 뒤로 깨어나지 않았네. 그가 그토록 원했던 심해에 대한 동경만 간직한 채로 말일세."

강 중위는 허리 숙여 김 대위의 얼굴을 살펴보았다. 김 대위의 코끝에서 이어지는 숨결이 가냘파 보였다. 강 중위는 손을 들어 김 대위의 뺨을 살짝 내려쳐 보았다. 김 대위는 반응하지 않았다.

"왜 이 사실을 말하지 않았던 겁니까?"

"글쎄, 그가 깨어나기를 기다렸네. 파두아에도 진화가 필요한 시점이었지. 그는 진정으로 파두아의 원리를 읽을 줄 아는 친구였네."

선장은 손으로 턱을 괴고 눈을 감은 채 한동안 침묵을 지켰다. 강 중위는 김 대위와 선장을 번갈아 노려보았다. 맥이 풀리며 서 있기 힘들었다. 겨우 발을 떼어 그곳에서 빠져나왔다.

갑판 위로 나와 무작정 걸었다. 휘청거리다가 그대로 주저앉더니 갑판 위에 누워버렸다. 하늘이 뱅글뱅글 돌며 범선을 짓누를 듯 다가왔다. 돛대는 먹빛 안개를 가르며 솟아 있었다. 그는 눈을 감았다. 한없이 가라앉고 싶었다. 어디든 그럴 수만 있다면 말이다. 손에 술병이라도 쥐고 있다면 단숨에 비워버렸을 것이다.

난간 한편에서 웅성거리는 소리에 눈을 떴다. 그는 앞돛대에 기대앉은 윤 박사를 보았다. 윤 박사는 숨을 고르며 두 손을 머리카락 속에 찔러 넣었다. 지친 얼굴로 뭔가 잘못을 저지른 것처럼 자책하는 모습이었다. 강 중위는 일어나 그에게 다가갔다. 윤 박사는 바다 쪽으로 기울어진 좌현을 가리켰다. 장이 난간 밖으로 몸을 접어 무언가를 끌어당기고 있었다. 강 중위는 난간으로 걸어가 장 옆에 섰다.

난간 너머를 내려다본 강 중위는 멈칫했다. 숨이 턱 멎으며 속이 울렁거렸다. 그대로 허리를 숙여 토했다. 검은 무늬로 덮인 밍크고래 한 마리가 갈고리에 찍힌 채 피를 흘리고 있었다. 보트에 남아 있던 턱수염이 그것을 밀고 장이 힘을 다해 당겨보았지만, 난간까지 끌어 올리지 못했다. 강 중위는 뒤로 한 걸음 물러섰다. 장은 밧줄을 놓고 해치로 달려갔다가 잠시 뒤 커다란 톱을 손에 들고 돌아왔다. 그러고는 보트로 뛰어내려 톱날을 고래의 목 부근에 갖다 댔다. 강 중위는 고개를 돌렸다. 살이 찢어지고 뼈가 으스러지는 소리가 들렸다. 한참 뒤에야 지옥의 비명 같은 그 소리가 멎었다. 강 중위는 다시 난간 밖을 내려다보았다. 고래 목에서 뿜어져 나온 시뻘건 피가 보트 주위에 원을 그리며 퍼져나가고 있었다. 고래 머리는 몸통에서 떨어져 나가 둥둥 떠다녔다. 장은 다시 난간 위로 올랐고 어느새 다가왔던 윤 박사가 합세해 함께 밧줄을 끌어당겼다. 밧줄은 그대로 죽 당겨졌다. 난간 위로 넓적한 꼬리가 보이기 시작했다. 장이 기합을 넣으며 안간힘을 쓰자 몸통이 난간을 타고 넘어 갑판 위에 나뒹굴었다. 머리가 붙어 있다면 3, 4미터쯤 될까? 새끼였다.

장은 나이프를 꺼내 고래 배를 갈랐다. 깊숙이 손을 집어넣고는 한참을 헤집더니 검붉은 부위를 끄집어냈다. 그는 그것을 자신의 코앞으로 가져가 냄새를 맡았다. 피비린내가 갑판 위에 퍼졌기에 강 중위는 코가 마비되는 것 같았다. 장은 손에 쥔 것을 냄새 맡느라 정신이 없었다. 그러다가 소리 없이 웃었다. 윤 박사는 고래에 다가가 지느러미를 잘라내며 강 중위에게 말했다. 갑시다. 저도 요리는 조금 할 줄 알죠. 강 중위는 윤 박사의 뒷모습을 바라볼 뿐, 우두커니 서 있었다. 그때였다. 벼락이라도 떨어지는 듯 매서운 호통이 갑판을 갈랐다.

"뭐 하는 짓들인가. 고래를 잡아서는 안 된다고 하지 않

왔나."

윤 박사가 걸음을 멈추고 고개를 들었다. 강 중위도 그 시선을 따라 소리의 주인을 바라보았다. 홀 지붕 위에서 선장이 노기를 띤 눈빛으로 서 있었다. 손에 쥔 붉은 덩어리를 핥던 장의 시선도 합류했다. 그런데 평소와 달리 선장을 빤히 쳐다보는 것이었다. 주춤거리던 윤 박사가 선장에게 다가갔다.

"이 지경이 되었는데 고래든 뭐든 가릴 게 있습니까?"

선장은 윤 박사의 대꾸에 혀를 찼다. 그것은 세 번으로 그쳤고, 무슨 말을 하려는 듯 입을 우물거리던 그는 말없이 뒤돌아 모자를 벗어 던지고 선장실로 들어갔다. 강 중위는 윤 박사를 쳐다보았다. 윤 박사는 대수롭지 않다는 듯 그대로 걸어 홀 입구로 향했다. 뒤에서 무언가를 우적우적 씹는 소리가 났다. 강 중위는 고개를 돌렸다. 장이 들고 있는 게 무엇인지 그제야 알 수 있었다. 고래 간이었다. 그렇게 단순해 보이던 장의 눈빛이 황홀한 기운에 젖어 있었다. 무언가를 꿈꾸는 듯했다. 아마 태어나서 처음으로 떠올린 꿈이리라. 고래 간 아니, 인어의 간을 먹던 사람들도 저런 눈빛을 띠었을까.

사라지고 있었다. 이 범선에서 각자가 맡아야 했던 위치가 희미해지고 있었다. 강 중위는 마지막으로 턱수염을 바라보았다. 턱수염은 난간에 기댄 채 고개를 옆으로 돌려 바닷물을 내려다보고 있었다. 강 중위는 선장실을 향해 걸어가 문을 열고 들어섰다. 선장은 태연히 책을 읽고 있었다.

"지금, 당신을 파두아의 선장이라 할 수 있겠습니까?"

강 중위는 침착하게 물었다. 선장은 책갈피를 꽂으며 책을 덮었다.

"물론이네. 지금의 선원들이 파두아의 선원이 아닐 뿐이지."

"고래 한 마리를 잡았다는 이유로 이렇게 달라질 수 있는 겁니까?"

"고래를 잡지 말라고 했었지. 내가 직접 내린 금기였네. 그 이유를 저 친구들 머리로는 알 리 없지. 카오섬에서는 고래를 신성시했네. 하지만 눈앞에 보이는 고래를 마다할 사내가 어디 있겠나. 그들이 잡는 물고기보다 수십, 수백 배가 넘는 먹잇감을 말이야. 어느 날, 그들은 우연히 해안에 밀려든 고래를 발견했지. 20미터가 넘는 향유고래였네. 숨이 붙어 있었지만, 곧 멎을 듯 위태로웠네. 그들은 작살로 고래 심장을 겨눠 찔렀지. 그 사실을 안 촌장은 절대 고래에 손대지 말라고 명령했네. 하지만 사람들은 촌장의 말을 무시하고 축제를 벌였지. 날마다 반복되던 생활은 멈췄고 매일 맞서야 했던 굶주림의 공포에서 해방되었네.

그 뒤의 섬 모습을 상상해 보게나. 사내들은 한 달 동안 배 근처에도 가지 않았네. 그렇게 시간을 흥청망청 흘려보냈지. 다른 세계에 사는 듯한 기분을 맛본 거야. 어느새 고기잡이는 잊히고 있었네. 보름이든 한 달이든 배를 채울 고래 고기가 넘쳐난 거야. 이제껏 느껴보지 못한 풍요에 지치다 못해 술을 빚기도 했네. 고래가 거의 뼈만 남게 되자 그들은 고민했지. 하지만 그 고민은 오래가지 않았네. 다시 고기잡이할 생각은 없었지. 그들 중 체격이 가장 크고 호전적인 사내가 고래잡이를 선동했네. 그는 우두머리가 되었고, 사람들은 촌장의 말을 무시하며 그를 따랐지. 커다란 어선을 지어 작살과 갈고리를 실었네. 그물 따위는 내팽개쳤지. 항구에서 출발한 배는 이제껏 가보지 못한 먼 곳으로 향했네. 며칠 동안 고래를 찾아 헤맸지. 고래는 보이지 않았네. 그렇게 몇 번이나 허탕 쳤지만, 포기할 순 없었지. 어쩌다 만난 고래는 돌고래뿐이었네. 그것은 성에 차지 않는 놈들이었지. 바라는 건 오로지 향유고래였으니까. 그들은 좀 더 조직적이고 의식적으로 변해갔네. 카오섬에 크나큰 위기가 닥친 거야. 너도나도 할 것 없이 고래를 잡을 생각뿐이었으니 말이네. 결국 촌장이 우두머리의 한쪽 팔을 자르는 형벌을 내렸지. 잘린 팔을 항구 한가운데에 걸었네. 하마터면 고래 사냥으로 파국을 맞을 뻔한 카오섬이 위기를 넘기는 순간이었지. 촌장은 고래잡이가 죄악임을 선포했네. 고래잡이를 허락하는 건 딱 한 번뿐이라고 하더군. 그것은 촌장이 스스로 물러나는 시기였네. 새 촌장이 사내들을 데리고 고래를 잡는 게 그곳의 풍습이었지. 왕관을 쓴다고 권력이 쥐어지는 건 아닐세. 섬사람에게 구체적인 물질을 베푸는 것은 새 촌장에게 진정한 권력을 부여하는 과정이었지.

이런 사정을 알고 있는 나 또한 파두아 선원들에게 금기시했네. 물론 카오섬과 일치하는 논리는 아니었네. 바다에 두려워할 생물이 하나도 없다면 선원들은 쉬이 흥미를 잃고 긴장을 놓기 마련이지. '메기 효과'와 같은 걸세. 이제 장이 고래를 잡았으니 파두아는 어디로 가야 할까."

선장은 말끝을 흐리며 이야기를 마쳤다. 항상 자신감 넘치던 눈에 혼탁한 빛이 스며들었다. 강 중위는 그런 눈을 보기가 불편했다. 선장이 혼란을 겪는다면 강 중위가 떠안아야 할 혼란은 상상하기 어려운 무게로 다가올 것이었다. 그것으로 끝이 아니었다. 파두아가 침몰하더라도 고지

식한 선장은 배를 포기할 사람이 아니었다. 선원들이 그를 따를까? 강 중위 자신은 어떤 선택을 해야 할까. 그는 잠시 꿈을 꾼 것과 다름없었다. 그건 너무 짧아서 아무런 이미지를 남기지 않았다. 질척하고 음험한 느낌으로만 남아 있었다.

"어디든이겠죠. 처음부터 그랬듯이 말입니다."

강 중위는 선장실에서 나왔다. 갑판에는 나이프로 해부된 고래가 뼈를 드러낸 채 널브러져 있었다. 갈매기들이 날카로운 울음을 내지르며 붉은 눈에 핏발을 세웠다. 하늘은 묵직하게 내려앉아 있었고 바람은 불지 않았다. 돛은 모두 패배를 시인하는 깃발로 변해 축 처져 있었다. 강 중위는 하갑판으로 내려갔다.

윤 박사는 분주히 손을 놀리며 요리하고 있었다. 장과 턱수염이 쓰러진 의자를 세우고 흩어진 유리 조각을 치우며 홀을 정리했다. 이쪽 선실을 보신 게로군요. 윤 박사가 부서진 문을 가리켰다. 어둠을 머금은 복도에서 한기가 흘러나왔다.

윤 박사가 커다란 냄비를 식탁 위에 올려놓았다. 뚜껑을 열자, 김이 솟아오르며 실내의 공기를 데웠다. 윤 박사는 살코기 한 점을 포크로 찍었다. 탱글탱글한 지느러미가 그의 입으로 우겨져 들어갔다. 장은 역시나 냄비 쪽엔 관심도 보이지 않았다. 그는 핏물이 흐르는 고래 간을 한 손으로 쥔 채 이따금 냄새를 맡으며 베어 물었다. 턱수염은 자신의 접시로 옮겨놓은 고깃덩어리를 바라보기만 할 뿐 입에 넣지 않았다. 그의 얼굴이 어느 때보다도 어두웠다.

강 중위는 불길한 기분을 떨치기 어려웠다. 허기가 졌으나 고래를 먹을 생각은 들지 않았다. 한참 동안 그들의 모습을 지켜보던 그는 손을 뻗어 고기를 접시에 덜고 입에 넣었다. 될 대로 되라지. 고래든 인어든 먹어치워 버리는 것이다. 해일이 밀려온다면 그것보다 더 크게 입을 벌리리라. 고기는 질겼다. 무슨 맛인지 느낄 수가 없었다. 그는 제대로 씹지도 않고 삼켰다. 몇 차례 반복해서 접시를 채웠고 신경질적으로 그것을 비웠다. 그는 포크를 내동댕이치며 일어났다.

"마리, 마리가 아픕니다."

강 중위는 윤 박사를 노려봤다. 윤 박사는 그를 쳐다보다가 손으로 입을 닦으며 말했다.

"어쩔 수가 없어요. 무슨 바이러스에 감염된 것 같은데 나로서는 손 쓸 도리가 없더군요."

강 중위의 심장이 고르지 않게 박동했다. 그는 김 대위가 말한 TA 바이러스를 떠올렸다. 설마. 그는 냉정해지기 위해 목을 가다듬으며 할 말을 정리해 보았다.

"김 대위님이 전염병 얘기를 한 적이 있지 않습니까?"

강 중위가 물었다. 윤 박사는 한숨을 내쉬며 답했다.

"들었지요. 마리가 그 전염병에 걸렸다면 우리 모두 감염되었어야 했어요. 하지만 우리에겐 증상이 나타나지 않더군요."

강 중위는 다시 자리에 앉았다. 설마, 설마, 하며 진정하려 했지만, 묵직한 기운이 가슴을 짓눌렀다. 윤 박사가 술병을 꺼냈고 장은 바닥에 아무렇게나 뒹굴고 있는 컵 세 개를 주워 왔다. 선장이 사용하던 주석 잔과 우승컵, 그리고 유리컵 한 개가 탁자 위에 놓였다. 장은 주석 잔을 골랐고 윤 박사는 우승컵을 자기 앞에 끌어다 놓았다. 턱수염은 그 모습을 가늘게 뜬 눈으로 지켜보기만 할 뿐 격벽에 기대 침울한 눈을 굴리고 있었다. 그러면서 작은 소리로 말을 중얼거렸는데 강 중위는 알아듣지 못했다.

"자신의 운명을 대신 짊어진 선장이 가엽다고 하는군요."

윤 박사가 강 중위에게 말했다. 결국 갈 곳은 보호소뿐인가. 강 중위는 생각하며 술을 들이켰다. 그러고는 스스로 술을 따라 입에 부었다. 식도를 타고 내려가는 술이 불처럼 뜨거웠다.

"보호소로 갑시다."

강 중위는 짐짓 권위적인 투로 말했다. 윤 박사의 낯빛이 어두워졌다. 장은 인상을 찌푸렸다. 턱수염은 슬그머니 밖으로 걸어 나갔다. 남은 세 사람은 서로 경쟁이라도 하는 양 술을 마셔댔다. 하지만 거의 대화를 나누지 않았다.

강 중위는 먼저 자리를 떴다. 갑판으로 올라가 조여오는 어스름에 몸을 적셨다. 뱃전 쪽에서 만돌린 소리가 났다. 그는 비틀거리며 걸었다. 술기운이 심했다. 갑판이 위로 휘어 오르고 돛대가 다가와 그의 이마에 부딪혔다. 통증을 느낄 때마다 다시 일어서야 했다. 턱수염의 연주는 이전과 달리 경쾌한 맛이 없었다. 무겁고 느린 곡이었다. 그러나 점점 빠른 템포로 흐르더니 강렬해졌고 격렬한 감정이 묻어 나왔다. 오보에나 클라리넷의 구슬픈 느낌으로 시작해 첼로와 콘트라베이스가 내는 비장한 느낌까지 자아냈다. 만돌린 하나로 웅장한 오케스트라를 이룬 것이다. 강 중위는 턱수염의 연주에서 어두운 기운이 뿜어져 나오는 걸 보았다. 턱수염은 자기 내면에 남아 있는 마지막 어둠까지 짜내기라도 하듯 손가락을 굴렸다. 강 중위는 턱수염의 연주에 경외심마저 들기도 했다. 그 곡은 종말을 노래했고 두려움의 끝, 암흑의 심부를 그리고 있었다. 강 중위는 한층 무거워지는 몸을 가누지 못하고 갑판 위에 누웠다. 마침내 턱수염의 연주가 치열한 클라이맥스에 이르렀고 그의 손이 멈추었다. 그는 만돌린을 내려놓고 셔츠를 벗었다.

강 중위는 퍼뜩 정신을 차리고 일어서려 했다. 몸은 말을 듣지 않았다. 턱수염이 그런 그를 담담히 바라보았다. 강 중위는 기어서라도 그에게 다가가려 했다. 턱수염은 희미하게 짧은 미소를 짓고는 갑판 너머로 몸을 기울였다. 출렁, 하는 소리가 강 중위의 심장을 찢었다. 그는 손을 뻗으며 몸을 움직여 보았으나 옴짝달싹할 수 없었다. 머리를 갑판에 두어 차례 찧으며 겨우 일어났다. 하지만 똬리를 튼 밧줄에 걸려 넘어졌다. 밧줄이 그의 발목부터 온몸을 칭칭 감으며 죄는 것 같았다.

뺨을 때리는 가는 빗줄기를 느끼며 눈을 떴다. 하늘은 더 무거워 보였고 사방이 희미했다. 그는 뱃전으로 걸어가 턱수염의 만돌린을 집어 들었다. 난간 너머로 고개를 내밀고 바다를 샅샅이 살폈다. 턱수염의 모습은 보이지 않았다. 강 중위는 손으로 만돌린을 쓰다듬었다. 그러고는 바다를 향해 던졌다.

턱수염이 벗어놓은 셔츠를 쥐고 홀을 향해 돌아섰다. 이 혼란을 그대로 둘 수 없었다. 역시 보호소뿐인가, 하고 생각했다. 홀 앞에서 문을 열다가 걸음을 멈추었다. 선장의 목소리가 흘러나오고 있었다. 윤 박사의 말과 선장의 말이 교차하며 서로 치받고 있었다. 한참 동안 이어지던 설전을 끊은 건 장이었다. 장은 어설픈 한국말로 흥분이 배어 있는 말을 내뱉었다.

강 중위는 장이 말하는 것을 처음으로 보았다. 장의 말에 놀란 사람은 강 중위만이 아닌 듯했다. 선장과 윤 박사의 말이 뚝 끊긴 채 한동안 침묵이 흘렀다. 강 중위는 문을 밀며 들어섰다.

"그만들 하십시오."

강 중위는 침묵을 깨며 탁자 위에 턱수염의 셔츠를 던졌다. 선장은 셔츠를 노려보며 입술을 깨물 뿐 자초지종을 캐묻지 않았다. 태연한 표정이었다. 언젠가 벌어질 일이었을 뿐이라고 여기는 듯했다. 하지만 강 중위는 보았다. 선장의 눈꺼풀이 미세하게 떨리고 있었다.

"모두 보호소로 갑니다. 내일이면 우리를 데리러 올 겁니다."

강 중위가 말했다. 그러자 선장이 말을 받아쳤다.

"마리를 이대로 넘겨주겠다는 건가? 여기서 나가는 순간부터 창녀 취급이나 받게 될 텐데? 더군다나 그녀가 가야 할 곳은 보호소가 아닌 격리소 아닌가."

강 중위는 선장을 마주 보며 곰곰이 생각했다. 대체 선장이 지닌 이 무모함은 무엇이란 말인가. 장을 노예처럼 부려먹고, 마리를 처참히 파괴하고, 윤 박사와 허울 좋은 이론이나 지껄이면서 턱수염의 죽음을 방치한 그가, 결국 참극을 맞은 파두아의 최후 앞에서도 당당하다니.

"어쩌자는 겁니까?"

강 중위는 물었다. 선장은 미소 지으며 말했다.

"카오섬으로 가겠네. 자네는 알아서 판단하게."

선장은 아랫니로 시가를 질겅거리며 일어섰다. 강 중위는 또다시 혼란스러웠다. 카오섬으로 되돌아가려는 생각이 진심일지 의문이었다. 그가 그토록 벗어나고자 했던 섬을 말이다.

"무슨 수로 거기에 가겠다는 겁니까?"

등을 돌린 선장을 향해 강 중위가 물었다. 선장은 어깨를 으쓱거리더니 내뱉듯 말했다.

"우리에겐 김 대위와 마리가 있지 않은가. 박 대령이 가장 원하는 두 사람을 말이야."

강 중위는 얼굴을 찌푸렸다. 김 대위와 마리를 인질로 잡아두기라도 하겠다는 것인가. 말도 안 되는 생각이었다. 파국을 앞에 두고 있다고 해서 범죄까지 저지를 수는 없었다. 선장은 묵묵히 어두운 복도 속으로 사라져 갔다. 윤 박사는 찬장에서 술병을 차례로 꺼내 탁자 위에 세워놓았다. 한 병을 강 중위에게 내밀며 말했다.

"이걸 들고 선실로 가세요. 한잠 푹 자고 내일 얘기합시다."

강 중위는 말없이 술병을 받아 쥐었다. 선실로 돌아가 드러누운 채 술병을 기울였다. 천장이 빙그르르 돌며 눈앞으로 다가왔다. 눈을 감았다. 취기가 금세 올랐다. 그러자 마리가 말했던 심해의 모습이 그려졌다. 한 줌의 빛도 없는 심해는 고요했고 돌덩이처럼 무거운 그의 몸은 한없이 깊은 어둠 속으로 가라앉았다. 멀리 열수분출공이 뿜어내는 검은 물결이 보였다.

엔진 소리가 그 풍경을 일그러뜨렸다. 강 중위는 벌떡 일어났다. 낮게 깔려 바다를 가르는 그 소리는 보트 엔진음이 아니었다. 강 중위는 문을 열고 갑판으로 달려갔다. 윤 박사가 뱃머리에서 물끄러미 수평선을 바라보고 있었다. 강 중위는 뱃머리에 올라 소리가 나는 방향을 향해 눈을 가늘게 뜨며 살폈다. 날렵하게 생긴 회색 물체가 검은 물결 위로 흰 거품을 일으키며 다가오고 있었다. 박 대령의 구축함이었다. 세 대의 경비정이 그것을 호위했다. 강 중위는 뒤돌아 선장실을 향해 뛰었다. 선장은 의자에 앉은 채 눈을 감고 있었다. 강 중위는 숨을 가다듬으며 말했다.

"어리석은 짓입니다. 협상에 응할 대령님이 아닙니다."

"자네가 상상하는 그런 일은 없을 걸세. 장을 죽도로 보냈네. 마리와 김 대위는 그곳에 잠시 머물 뿐이네."

강 중위는 멍한 표정을 짓다가 곧 고개를 끄덕였다.

"가세. 오랜 친구를 만날 시간이네."

선장은 일어나 밖으로 걸어 나갔다. 구축함은 어느새 훌쩍 다가와 있었다. 그것의 레이더가 빙글빙글 돌았다. 구축함이 일으키는 물결에 파두아가 휘청거렸다. 속도를 늦춘 구축함은 서서히 미끄러지며 범선 옆에 멈추었다. 사다리가 범선의 난간을 향해 날아들었고 그것에 연결된 밧줄이 팽팽하게 당겨졌다. 그 모습을 지켜보던 선장은 사다리를 타고 구축함으로 건너갔다. 박 대령과 선장은 구축함의 갑판 위에서 마주 섰다. 박 대령이 먼저 손을 머리에 붙이며 경례했다. 선장은 쓴 미소로 인사를 대신했다.

한동안 선장과 박 대령의 대화가 이어졌다. 강 중위는 그들이 하는 말을 들을 수 없었다. 선장의 말에 박 대령이 한참을 고민하더니 고개를 끄덕였다. 그러자 선장은 종이 쪽지를 넘겨주고는 다시 범선으로 건너왔다. 경비정 한 척에 있던 군인들이 구축함으로 이동했다. 선장은 뒤돌아선 박 대령을 향해 소리쳤다.

"이봐, 휘발유 남은 것 있으면 몇 통 주고 가게. 날씨가 쌀쌀해. 이 보기 흉한 돛대라도 땔감으로 써야겠어."

선장의 말에 박 대령은 뒤돌아 싱긋 미소 짓더니 옆에 서 있는 사람에게 지시했다. 지시를 받은 사람은 휘발유 통을 양손에 들고 와 빈 경비정 위로 던졌다. 구축함은 뒤로 멀어지더니 길게 커브를 돌며 두 대의 경비정과 함께 돌아갔다.

"어떻게 된 겁니까?"

미소가 비웃음으로 변해 있는 선장에게 강 중위가 물었다.

"마리가 있는 곳의 위치와 경비정 한 척을 바꾸었을 뿐이야."

선장은 대수롭지 않다는 듯 대답했다.

"믿어지지 않습니다. 대령님이 그런 제안을 순순히 받아들일 줄은 몰랐습니다."

"내게 신세를 진 적이 있지. 칼리닌그라드에서 거의 죽을 뻔한 그를 구해주었거든. 하지만 이게 마지막일 게야.

박 대령도 빚을 갚았으니 더는 호의를 베풀지 않을 걸세.”

선장은 윤 박사를 불러 속삭이듯 말을 건넸다. 윤 박사는 선장의 말에 긍정도 부정도 하기 싫은지 입을 다물고 있었다. 선장은 윤 박사의 어깨를 톡톡 다독이다가 선장실로 향했다.

어스름이 질 무렵에야 장이 돌아왔다. 그러자 선장은 전원에게 갑판 위로 모이라고 했다. 만찬을 들자는 것이었다. 선장은 밝은 표정을 지으려 애쓰는 모습이었다. 명령을 내리고 선장실에 들어간 그는 책을 잔뜩 올린 의자를 들고 돌아왔다. 의자 다리를 부러뜨려 화로에 던져놓고 그 위에 책을 쌓았다. 휘발유 통을 기울여 책을 적신 뒤 라이터를 켰다. 화로가 넘칠 듯이 불타올랐다. 선장은 자신의 나이프를 꺼내 절반도 남지 않은 고래 사체에 다가갔다. 잠시 망설이는 듯 나이프를 만지작거리더니 고래 몸통에서 살점을 적당한 크기로 잘라 꼬챙이에 꿰었다. 그것을 화로 위에 걸쳐놓았다. 고깃덩어리가 불에 타며 기름이 떨어져 내렸다. 그럴 때마다 불은 커다란 입을 벌리며 고깃덩어리를 핥았다. 적당히 구워진 고기를 선장이 직접 나누어 차례로 돌렸다. 믿기 어려운 장면이었다. 선장마저도 바다에 백기를 든 것일까.

강 중위는 위로 고개를 젖혔다. 하늘은 어두워질수록 맑은 빛을 띠었다. 달무리가 희미하게 드러나고 있었다. 난간에 기대어 꾸벅꾸벅 졸고 있는데 윤 박사가 다가왔다. 그는 강 중위더러 짐을 챙기라고 했다. 웬일인지 그는 전혀 취해 보이지 않았다. 그러고 보니 그는 술을 마시는 척만 한 것 같았다. 술잔에 입만 대고 기울이지는 않던 모습이 떠올랐다.

　"서둘러요. 지금 떠납니다."

　윤 박사는 강 중위의 술병을 뺏으며 말했다.

　"떠나는 건 내일 아침이 아니었습니까?"

　"선장님이 잠들었어요. 내가 그의 술잔에 수면제를 타놓았죠. 강력한 수면제입니다. 애당초 선장님의 머릿속에 카오섬 따위는 없었어요. 자신을 이곳에 남겨두고 어디로든 떠나라고 하더군요."

　"어디로 가란 말입니까?"

　"여기서 두어 시간 정도 달리면 제 고향입니다. 내 친구가 사람들이 없는 섬에서 살고 있지요. 우리도 그 섬에 갈 겁니다. 먹고살 걱정은 없어요. 우리에겐 장이 있잖습니까. 바다가 싹 다 증발하지 않는 한 우리는 살아남을 겁니다. 선장님이 깨기 전에 출발합시다."

강 중위는 잠시 고개를 돌리고 바다의 검은 물결을 바라보았다. 결국 처음으로 돌아가는 격이었다. 하지만 그곳이 어디든 바다가 있는 곳이라면 그것이 품은 검은빛만 떠오를 터였다. 밝은 햇살에 반짝이는 물결조차 암흑에 젖은 모습으로 다가오리라. 그는 다시 윤 박사를 보며 말했다.

"저는 남겠습니다. 할 일이 남아 있습니다."

윤 박사는 뜨악한 표정을 지었지만, 강 중위의 눈빛은 단호했다.

"그 할 일이라는 게 내가 상상하는 쪽은 아니겠죠?"

"아마 그럴 겁니다."

"제가 설득해도 소용없겠군요."

강 중위는 고개를 끄덕였다. 윤 박사는 고개를 숙이고 잠시 생각하더니 입을 열었다.

"당신의 잔에도 수면제를 타두었어야 했나 봅니다."

윤 박사는 강 중위에게 손을 내밀었다. 강 중위는 그의 손을 잡았다. 잠시 뒤 윤 박사는 선장을 경비정에 태운 뒤 장과 함께 손을 흔들며 사라져 갔다. 강 중위는 그들의 모습이 보이지 않을 때까지 바다 멀리 응시했다. 그는 이 범선이 생명을 다한 관벌레의 모습과 닮았다고 생각했다. 그렇구나. 그런 거였어. 그는 마음이 어느 때보다 편했다. 남아 있는 술을 비우며 잠들었다.

무언가가 강 중위의 눈가를 간지럽혔다. 아니 그런 느낌이 들었다. 그는 눈을 뜨고 몸을 벌떡 일으켜 뱃전을 향했다. 일출이 시작되고 있었다. 얼마 만에 보는 태양인지 알 수 없었다. 태양은 수평선 위로 솟으며 자라났다. 주홍빛을 찬연히 뿜어내던 그것은 점점 눈부시게 타오르며 어떤 신도 가지지 못할 신성한 빛을 둘렀다. 아직도 꿈을 꾸고 있는 건 아닐까. 잔잔한 바다의 검은 수면에는 또 하나의 태양이 떴다. 하늘에 걸린 것은 빛을 쏟아냈고 기름 바다에 뜬 것은 암흑을 빨아들였다. 그는 앞돛대를 향해 뛰었다. 돛대 꼭대기까지 올라 망루에 기대 전율하는 바다를 둘러보았다. 강철처럼 뻗어 나온 빛이 사방으로 쏟아져 바다를 찌르고 있었다. 그는 몸을 부르르 떨었다.

한동안 넋을 놓고 일출을 바라보던 그는 돛대에서 내려왔다. 선실로 달려가 배낭을 집어 들고 다시 갑판 위로 올랐다. 배낭을 거꾸로 들고 흔들었다. 안에 담긴 물건들이 쏟아져 나왔다. 그 속에서 조명탄 두 개를 찾아 허리춤에 꽂고 김 대위의 수기를 주머니에 넣었다. 그는 화로 옆에 놓인 휘발유 통을 들고 앞돛대에 올라 뿌렸다. 이어 나머지 돛대에도 차례로 휘발유를 부었다. 갑판에 내려선 그는 라이터로 김 대위의 수기에 불을 붙여 앞돛대를 향해 던졌다. 종이가 다 타들어 가자, 기름에 불이 옮겨붙었고 그 것은 바람을 삼키며 돛대 꼭대기까지 치솟았다. 그는 화로에 있는 나무토막에 불을 붙여 나머지 돛대 아래에 놓았다. 잠시 후 세 개의 돛대가 경쟁하듯 불길을 내뿜었다. 사나운 불이 각자 커지더니 돛대를 휘감았다. 물에 젖은 돛도 곧 불타며 말려 올라갔다. 세 개의 불기둥은 서로 경계하듯 타오르다가 어느 한쪽을 삼키기도 했고, 덩치가 커진 불은 둘로 갈라지기도 했다. 푸른색에서 주황빛으로, 다시 빨간빛으로 변하며 불길이 갑판 위에 일렁였다. 이제 돛대는 시커먼 연기를 토해내기 시작했다. 서로를 탐하던 세 개의 불기둥이 하나가 되자 햇볕마저 힘을 잃었다. 그의 눈동자에도 응축된 불이 번쩍였다. 불길은 바람을 이고 돛대가 숯이 되도록 오랫동안 탔고 하늘을 향해 몸부림쳤다.

불은 사그라지고 돛대는 부옇게 뜬 재에 싸였다. 불씨만 남은 장작처럼 벌겋게 달아 있더니 그마저 차츰 누그러졌다. 불기둥은 그렇게 파두아의 날개를 살라버렸다. 그는 검게 그을린 돛대를 번갈아 보았다. 갖은 바람과 비, 그리고 파도에 몸을 맡기며 힘겨운 항해를 이어온 파두아가 잠들 시간이었다.

그는 조명탄을 장착했다. 범선 위로 한 발을 조준하고 방아쇠를 당겼다. 쉭쉭 소리를 내며 조명탄이 하늘 위로 솟구쳤다. 나머지 조명탄을 총구에 끼우고 약간 비낀 곳을 향해 쏘았다. 조명탄이 길게 뿜은 연기가 X자를 그렸다. 박 대령과 약속된 신호였다. 그는 고무 튜브에 공기펌프를 끼우고 발로 밟아 부풀렸다. 그것을 바다 위에 띄우고 그 위에 올라탔다. 고무보트는 범선에서 멀어지며 물결을 탔다. 20, 30미터쯤 떨어졌을 때 그는 범선에서 시선을 거두고 햇빛을 반사하는 바다를 바라보았다. 수면이 검은 거울 같았다. 이렇게 선명한데, 이렇게 간단한데, 모든 빛은 한순간의 반짝임이고, 어둠을 뚫고 나왔다가 어둠 속으로 사라지는 것인데……. 그는 파두아의 모습을 마지막으로 보기 위해 고개를 돌렸다.

그때였다. 그는 꿈틀거리는 파두아를 보았다. 그 커다란 몸집에서 사람들의 환영이 어른거렸다. 아내가 인어의 모습을 하고 물속에 뛰어들었고, 마리는 검은 옷을 입은 채 아내 뒤를 따랐고, 그 둘은 서로를 껴안으며 깊이 잠수했고, 검은 액체로 변한 김 대위가 그들을 감쌌고, 나룻배를 몰던 할아버지가 그들의 영혼을 건져 올리기라도 하듯 수면에 손을 담갔고, 장이 고래에 접근해 작살을 뒤로 힘껏

제쳤고, 윤 박사가 검은 액체를 담아 술 대신 마셨고, 턱수염은 바닷물에 이는 주름을 퉁기며 연주했고, 아직 뱃전에 남아 있는 선장은 시가 연기 사이로 흐뭇한 미소를 지으며 지켜보았다. 그리고 모든 환영이 사라지자 단 한 사람, 박 대령의 두 눈이 바다 위에 떠올라 펼쳐졌다.

강 중위는 등을 돌리고 정면을 향했다. 자신이 머물 곳이 있다면 단 한 군데뿐이라고 생각했다. 꿈같은 현실을 사는 건 선장의 몫이고 꿈만 꾸고 사는 건 김 대위의 몫이다. 태양은 아무리 강렬해도 기름으로 덮인 바다를 불태우지 못한다. 하지만 인간은 이 검은 바다를 가만히 둘 수가 없다. 그런 것이 인간의 본성이라면 그것도 어쩔 수 없는 일이리라. 그것 역시 지구가 가진 욕망의 일부이니까. 멀리 동쪽에서 낮게 뜬 헬기가 다가오고 있었다. 강 중위는 노를 양손에 들고 X자를 만들었다.

에필로그

   나는 한 방울의 물이다. 아주 오래전, 바다는 특이한 존재를 탄생시켰다. 그것은 스스로 움직였고 지구가 얼어붙거나 지글지글 끓는 동안에도 번식했다. 아무도 모른다. 그렇게 인내하며 지켜온 유전자는 그 어떤 물질보다도 값진 것이었다. 그 존재들은 다양한 생김새로 변했고 그것은 진정한 창조였다. 그들의 수가 늘어나면서, 포효를 그치지 않던 바다가 안정된 리듬을 보였다. 무엇이 불만이었을까. 그들 일부는 차츰 바다에서 벗어난 새로운 세계를 갈망했다. 그들의 힘은 놀라웠다. 무엇이든 꿈꾸는 대로 이루어내고 말았다. 그것을 위해 죽음도 불사했고 가혹한 도전도 마다하지 않았다. 마침내 최초로 바다에서 떠나기로 한 무리가 결심을 실행할 때였다. 나는 그들 중 하나의 몸에 실려 뭍으로 나왔다.

 나는 땅속 깊은 곳에서 이십억 년간 정화되었다가 바위 틈으로 새어 나왔고, 단 하루라는 삶의 주기를 가진 하루살이의 눈이기도 했고, 그것이 죽어 바람에 흩날리는 동안 기체가 되었다가, 떨어지는 빗방울과 함께 다시 땅에 떨어져 고이기도 했고, 예쁘장한 꿩이 나를 삼키자, 그것의 피가 되어 일 년간 순환했고, 그것이 죽은 뒤엔 썩은 물의 일부가 되었고, 썩은 내를 맡고 몰려온 박테리아 무리가 꿩을 분해하는 동안 떡갈나무의 뿌리 밑으로 스며들었고, 뿌리를 타고 올라와 줄기의 수액이 되었고, 한 인간이 그 나무를 베기까지 팔십 년 동안 그 속에 머물렀고, 이갈이하는 들쥐에 의해 그것이 흘리는 침과 하나가 되기도 했고,

곧 참매의 입에 들어가 그것의 내장 속을 떠돌았고, 그것을 총으로 쏘아 죽인 인간의 입속에 들어가 육십 년간 그의 심상이 일으키는 진동을 느끼며 머물렀다.

아프리카의 한 사막에서 그 인간의 시체가 말라붙는 동안 뜨거운 햇살이 내 몸을 조각조각 분해했다. 나는 하늘 높이 솟아올랐다. 그곳에서 솜털 구름이 되었다가 적란운이 되기도 했고 태양을 가릴 때면 먹구름으로 변했다. 회오리바람이 휘몰아치던 날 나, 아니 구름은 갈가리 찢겼고 그중 한 조각의 일부분으로 남아 있다가 차갑게 식으며 바다로 떨어졌다.

나는 고향으로 돌아왔다. 역시 바다는 포근했다. 내 동료들은 스스로 움직이는 존재에 삼켜졌다가 우리의 역사로는 아주 짧은 시간을 보내고 다시 원래 모습으로 돌아오기를 반복했다. 우리는 어느 쪽에 속해 있든 다를 바 없었다. 어떤 경우든 바다로 돌아왔으니까. 그렇기에 우리 물방울들은 바다를 어머니라고 부른다.

나를 삼킨 흑등고래가 죽어가던 날, 나는 바다 위에서 좋지 않은 일이 일어난 걸 깨달았다. 흑등고래는 시커먼 기름을 뒤집어쓰고 있었다. 그것이 몸부림칠수록 기름은 몸속 깊이 파고들어 마침내 숨통을 끊어놓았다. 상어 떼가 몰려들어 한바탕 포식한 뒤, 역시 박테리아가 고래를 분해했다. 나는 사체의 부유물로 떠다니다가 심해로 가라앉기 시작했다. 깊은 곳으로 내려가자 익숙한 친구들을 만날 수 있었다. 우리 물방울들을 모두 기억하는 관벌레는 조금도 변하지 않은 모습으로 나를 맞아주었다. 나는 새끼 관벌레가 박테리아를 삼키는 동안 그것의 몸 안에 들어가 달콤한 휴식을 취했다. 그러는 동안 또다시 긴 여행을 할 준비를 할 수 있었다.

관벌레가 죽고 나는 다시 떠올랐다. 수면 가까이 이르자 물방울들이 경고했다. 그곳에 있던 물방울은 기름 벽에 막혀 증발하지 못했다. 하늘로 날아오를 기회를 잃어버린 것 같았기에 모두 안타까워했다. 나는 기름띠의 틈을 노리다가 정면으로 다가온 구축함에 의해 튀어 올랐고, 한 인간의 이마에 달라붙었다. 뺨을 타고 흘러내리던 나는 그자가 벌린 입으로 들어갔다. 그러자 그의 몸속에 있던 물방울들이 그 인간에 관한 모든 기억을 내게 말해주었다. 그 인간은 군인이었고 커다란 범선에서 막 탈출한 모양이었다.

그는 바다 먼 곳을 바라보고 있었다. 커다란 폭발음과 함께 바다가 불타오르는 순간이었다. 기름이 휘휘 소리를 내며 검은 연기로 변해 허공 속으로 사라졌다. 기름띠에 둘러싸인 섬에 끝없이 이어진 불길이 일렁였다. 동료들은 그 섬의 바이러스가 소멸해 간다고 했다. 바이러스는 우리에게도 신비한 존재였다. 나는 씁쓸한 마음을 지울 길이 없었다. 저곳에 있는 동료와 움직이는 존재들이 아주 긴 시간 동안 헛된 과정을 반복해야 하는 것이다. 인간은 왜 바다를 믿지 못하는 걸까. 우리를 몸에 담고 움직이는 존재들은 수없이 이어졌던 가혹한 조건도 이겨내었거늘.

　나는 곧 그의 땀으로 흘러나와 내리쬐는 햇볕을 타고 하늘로 솟아올랐다. 그는 뱃속에 든 것을 게워내고 있었다. 흥미로운 기억을 지닌 자였다. 그는 바다를 비교적 정확하게 이해할 뻔했다. 그러나 지독히 인간적인 사고에서 벗어나지 못했다. 나는 그의 머리를 식힐 빗방울이라도 되어주기 위해 차가운 공기를 기다렸다.